诗咏中华历史文化名人一百家

Wang Dongman Zhu

王东满 著

SHIYONG
ZHONGHUA LISHI
WENHUA MINGREN
YIBAIJIA

山西出版传媒集团
北岳文艺出版社
BEIYUE LITERATURE & ART PUBLISHING HOUSE

·太原·

图书在版编目（CIP）数据

诗咏中华历史文化名人一百家 / 王东满著 . — 太原：
北岳文艺出版社 , 2020.1

ISBN 978-7-5378-6036-9

Ⅰ . ①诗… Ⅱ . ①王… Ⅲ . ①诗集 – 中国 – 当代
Ⅳ . ① I227

中国版本图书馆 CIP 数据核字（2019）第 233704 号

书　　名　诗咏中华历史文化名人一百家
著　　者　王东满
责任编辑　王宜青
装帧设计　艺　卿

————————

出版发行　山西出版传媒集团·北岳文艺出版社
地　　址　山西省太原市并州南路 57 号
邮　　编　030012
电　　话　0351-5628696（发行部）
　　　　　0351-5628688（总编室）
传　　真　0351-5628680
网　　址　http://www.bywy.com
E – mail　bywycbs@163.com
经 销 商　新华书店
印刷装订　山西新华印业有限公司

————————

开　　本　880mm×1230mm　1/32
字　　数　132 千字
印　　张　9
版　　次　2020 年 1 月第 1 版
印　　次　2020 年 1 月山西第 1 次印刷
书　　号　ISBN 978-7-5378-6036-9
定　　价　42.00 元

序　言

　　文化是人类的灵魂。

　　中华传统文化是中华民族之灵魂。中华传统文化滋生哺育了一代代杰出的文化名人，这些杰出的文化名人又不断传承、丰富、发展着古老瑰丽的中华传统文化。在中国历史文化的长河中，在各个历史时期，出现了诸如孔子、老子、孟子、屈原、王羲之、陶渊明、李白、杜甫等中国文化古圣先贤，他们留下了绵延千秋、源远流长的千古佳作，在历史的长河中熠熠闪光。孔子，以极其平实的言行给后世人生树立了万世楷模；屈原，以矢志不渝的爱国之心引发了"路漫漫其修远兮，吾将上下而求索"的千古共鸣……

　　《诗咏中华历史文化名人一百家》以古典诗歌（多以七言绝句或古风）形式，歌咏、评说了从先秦春秋始，至清末民初，历代有代表性的文化名人一百余位，概述了这些历史文化名人的人生轨迹、艺术风貌与思想脉络。这些诗作用情至真，通脱大雅，白而不俗，雅而不奥，读来朗朗上口，又有韵律之美，具有可读性、欣赏性与哲思性。读者既可对这些古圣大贤的思想、行止、作品有个简明的认识，又可分享、领悟各家之立身、立德、立艺之精神。

作者又以书法形式，将每首诗一一书写。这些书法作品秀逸畅达，温文尔雅；朴拙厚重，遒劲大气。神采与形质相和，隽秀中透着宽博。读者于吊古咏怀、品悟古贤大哲思想之余，又可获得欣赏书艺之享受。

作者有着深厚的古体诗词和书法功底，著名国学大师姚奠中先生诗赞：

知君小说入千家，
不料诗词亦可夸。
自是多才多艺手，
砚池飞墨笔生花。

本书作品按历史人物所处时代的先后而编排，为了便于读者阅读，也为了依循历史上的固有说法，"建安七子""竹林七贤""初唐四杰"等的顺序略作了调整；书中的个别书法作品字句与诗作略有出入。特此说明。

《诗咏中华历史文化名人一百家》以其独特的风格，显示着不俗的艺术欣赏价值。

编　者

目 录

宋金元

诗咏中华历史文化名人一百家

· 先秦 ·

管　仲

管仲名夷吾，

春秋第一相。

少贫学商道，

入齐显智囊。

相齐成霸业，

匡扶乱世天。

子赞管仲曰：

无管吾皆蛮。

注：管仲（？—前645），名夷吾，字仲，又称敬仲。春秋时期政治家、军事家、改革家。史称管子。被誉为"圣人之师"。管仲早年经商，后从事政治活动，经鲍叔牙力荐，为齐国上卿（即丞相）。他以卓越的谋略辅佐齐桓公成为春秋时期的第一个霸主。时誉"春秋第一相。"孔子称赞管仲："微管仲，吾其被发左衽矣。"意为若无管仲助齐统一诸侯，老百姓都将成为披头散发的蛮人。

管仲名夷吾春秋第一相
少貧學高道入齊顯智囊
扣齊成霸業匡扶亂世天
子讚管仲曰無管吾皆雲

管子苦力荐孔子但魯國公不用之
咏管仲五言己亥夏康满

左丘明

经臣史祖鲁君子，
左氏春秋万世文。
更有高风荐孔圣，
二丘同耻复同馨。

注：左丘明，生卒年不详，姓丘，名明，因其父任左史官，故称左丘明。春秋时期史学家、文学家、思想家、军事家，著有《春秋左氏传》（简称《左传》）和《国语》两书。《春秋左氏传》是中国第一部完整的编年体史书，《国语》为中国最早的国别体史书。两书记录了不少西周、春秋的重要史事，保存了大量原始资料，被誉为"文宗史圣""经臣史祖"。孔子、司马迁均尊其为"君子"。中国史学之开山鼻祖。左丘明知识渊博，品德高尚，曾向鲁国公力荐孔子。孔子曾以左丘明为楷模，言与其同耻。曰："巧言、令色、足恭，左丘明耻之，丘亦耻之；匿怨而友其人，左丘明耻之，丘亦耻之。"

經臣史祖魯君子左
氏春秋弟世文更有
高風養孔聖二丘同
恥復同馨

詠左丘明

戊戌仲冬　東滿

老 子

老子庄周合老庄，
千秋道祖享高香。
无为而治人何苦，
道德一经开智窗。

注：老子，生卒年不详，姓李名耳，字聃。春秋时期思想
家、哲学家、教育家、文学家、史学家，道家学派创始人
和主要代表人物，被尊为道教始祖，称"太上老君"，与
庄子并称老庄。唐朝时被追认为李姓始祖。成语紫气东来，
即指老子过函谷关时一大胜景，传世作品《道德经》（又
称《老子》），作品阐释天地宇宙之奥秘，主张无为而治，
追求人与自然和谐统一，其思想核心是朴素的辩证法。

老子莊周合老庄　千秋道

祖享高香無為而治人何

苦道德一經罪智窗

咏老子　戊戌仲冬　王東満并书

孔 子

文圣名丘籍鲁邑，
求官不着退修文。
立教开智又玩愚，
难怪历朝奉若神。

注：孔子（前551—前479），名丘，字仲尼。春秋末期思想家、教育家、政治家，儒家学派创始人。孔子开创了私人讲学之风气，提出"有教无类"的教育方针，倡导仁义礼智信。他曾带领弟子周游列国前后达十三年，未遇赏识。晚年整理修订《诗》《书》《礼》《乐》《易》《春秋》六经。孔子有弟子三千，其中贤人七十二。孔子的弟子把孔子及其弟子的言行语录和思想记录下来，整理编辑成儒家经典《论语》。孔子在古代被尊奉为"天纵之圣"，其学以仁为核心。被后世尊为孔圣人、至圣、万世师表。

文章名世稀有求
官不著迟修文当老
研穷又玩无难怪经历
郡未花神

孔子东游诸咏

孙 子

兵圣长卿名孙武，

姑苏城下著兵书。

一部兵法吴孙子，

至今天下搜遗珠。

注：孙武（约前545—约前470），名武，字长卿。春秋末期军事家、政治家，尊称兵圣或孙子（孙武子），又称"兵家至圣"，被誉为"百世兵家之师""东方兵学的鼻祖"。提出"知己知彼，百战不殆"等军事思想。其著《孙子兵法》十三篇，为后世兵法家所推崇，被誉为"兵学圣典"，置于《武经七书》之首，在中国乃至世界军事史、军事学术史和哲学思想史上都占有极为重要的地位，并在政治、经济、军事、文化、哲学等领域被广泛运用。

兵聖長卿

名孫武姑蘇城

下著兵書一部

兵法孫吳子至

今天下搜遺珠

孫子
乙亥
南海

墨 子

立说弃儒成墨家，

非攻兼爱斥等差。

敢同儒学争显位，

墨翟原乃爱刨花。

注：墨子（约公元前468—前376），名翟，墨家学派的创始人。春秋战国之际思想家、教育家、政治家，中国历史上唯一一个农民出身的哲学家。创立墨家学说，与儒家并称"显学"。提出"兼爱""非攻""尚贤""尚同""天志""明鬼""非命""非乐""节葬""节用"等十大主张，反对孔子的"爱有等差"之说。以兼爱为核心，以节用、尚贤为支点。墨子少习木工，在战国时期创立了以几何学、物理学、光学为突出成就的一整套科学理论。时有"非儒即墨"之称。墨子死后，墨家分为相里氏之墨、相夫氏之墨、邓陵氏之墨三个学派。其弟子根据墨子生平事迹的史料，收集其语录，完成了《墨子》一书。

三、道在草書家儒
士以及書衆儒
而華泰氏
乳曰儒宗
軍凱伯
墨理君
武堂創
兒

乙亥夏月 秦兆

列　子

一

春日御风游八荒，

贵虚名士尚庄玄。

先秦天下十豪杰，

智囊学人六艺全。

二

智慧之书尊列子，

道家学派一分支。

唐皇宋帝皆奉祀，

至德冲虚昭物始。

注：列子（约前450—前375），本名列御寇。春秋末年战国初期思想家、文学家、哲学家，道家学派的杰出代表。先秦天下十豪之一。创立了先秦哲学学派"贵虚学派"（列子学）。《列子》为列子及其学派所撰。其思想主旨接近老庄，又往往与佛经相参合，对后世美学、文学、哲学、科技、乐曲、宗教影响深远。孔子贵仁，老子贵柔，墨子贵兼，列子贵虚。列子被尊为"贵虚真人"，其学说本于黄帝老子，归同于老、庄。

孟 子

丘去百年出孟轲，

高唱君轻民贵歌。

仁义礼智重仁德，

不枉慈母断机呵。

注：孟子（约前372—前289），名轲，字子舆。战国时期
哲学家、思想家、政治家、教育家。孟子继承并发扬了孔
子的思想，战国时期儒家代表人物，成为仅次于孔子的一
代儒家宗师，对后世中国文化影响深远。主张"君轻民贵""仁
政"，有"亚圣"之称，与孔子合称为"孔孟"。孟子及
其门人著有《孟子》一书。"昔孟母，择邻处"，孟母三
迁的故事家喻户晓。

丘去马重出里軻言
唱君轻民贵歌仁义
礼智重仁德不枉燕
毋断机呵

七绝　孟子　王东满

庄 子

天人合一夺先声，
梦蝶庄周寓义精。
千古逍遥彰道学，
漆园傲吏宋庄生。

注：庄子（约前369—前286），姓庄，名周，字子休（亦说子沐）。战国时期思想家、哲学家、文学家。道家学派重要代表，与老子齐名，被称为老庄。因崇尚自由而不应楚威王之聘，只做过宋国地方的漆园吏。史称"漆园傲吏"。主张天人合一："有人，天也；有天，亦天也。"庄周梦蝶出自《内篇·齐物论》："昔者庄周梦为胡蝶，栩栩然胡蝶也。自喻适志与，不知周也。俄然觉，则蘧蘧然周也。不知周之梦为胡蝶与？胡蝶之梦为周与？周与胡蝶则必有分矣。此之谓物化。"代表作品为《庄子》，其中的名篇有《逍遥游》《齐物论》等，被称之为"文学的哲学，哲学的文学"。因其隐居南华山，故唐玄宗天宝初，诏封庄周为"南华真人"，称其著书《庄子》为《南华真经》。

玉人争一等先都梦蝶无同窗
蒿精手舌道逢新道学潇图
傲文栗莊生

咏莊子 东淦

屈　原

楚辞始作俑，丹阳哀屈子。

怀才虽不遇，何至于一死！

寄情于香草，明志于歌诗。

忠直几人幸，谗言何日止。

汨罗泪滔滔，日夜诉相思。

注：屈原（约前340—前278），芈姓，屈氏，名平，字原；又自云名正则，字灵均。战国时期诗人、思想家、政治家。提倡"美政"，主张举贤任能，修明法度。因遭贵族排挤毁谤，先后被流放至汉北和沅湘流域。秦破楚都郢（今湖北江陵）后，屈原自沉于汨罗江，以身殉国。屈原是中国历史上伟大的爱国诗人，中国浪漫主义文学的奠基人，"楚辞"的创立者，开创了"香草美人"的传统，被誉为"中华诗祖""辞赋之祖"。主要作品有《离骚》《九歌》《九章》《天问》等。以屈原作品为主体的《楚辞》是中国浪漫主义文学的源头之一，与《诗经》并称"风骚"，对后世诗歌产生了深远影响。

怅丹楚离骚始

何至离尘修

寄情托于香草

明点新章一点愁

忠言何日上

汨罗泪相思

湘夜诉

日

屈原国殇端午祭国诗词选录

乙酉年秋浩澜书

荀　子

荀卿之学源孔氏，

青出于蓝胜于蓝。

敢斥秦政"殆无儒"，

载覆之论警世传。

注：荀子（约前313—前238），名况，时人尊为"荀卿"（西汉时因避汉宣帝刘询名讳而改称"孙卿"）。战国末期思想家。荀子学识渊博，继承了儒学并有所发展，还能吸收一些别家之长，故在儒学中自成一派，不入孔庙。对于人性问题，荀子主张"性恶论"，人性善是教化的结果，并指责秦政"无儒"。提出"制天命而用之"的人定胜天的思想。荀子对礼很重视，宣扬儒家的王道思想，其名篇《劝学篇》中强调博学，学而致用，坚持不懈，尊师，以及"水则载舟，水则覆舟"等宏论。

荀卿之學源
孔氏青出於藍
殘於藍敢斥秦
政殆無儒載覆
之論警世傳
荀子 乙亥 東溥

宋　玉

四大美男非妄誉，
才华品貌几人肖。
一篇好色登徒子，
屈宋高风壮楚骚。

注：宋玉（约前298年—前222年），又名子渊。战国后
期辞赋家。相传为屈原的学生，史有"屈宋"之称。中国
古代四大美男（潘安、宋玉、兰陵王、卫玠）之一。所作
辞赋甚多，流传作品有《九辩》《风赋》《高唐赋》《登
徒子好色赋》《神女赋》等。《汉书·卷三十·艺文志第十》
录有赋十六篇。所谓"下里巴人""阳春白雪""曲高和寡""宋
玉东墙"的典故皆因他而来。

四大美男郤

妄婆言 才美品貌

柴人省一篇好色

登徒子屈宋寫

風壯楠之強

原玉　东潍

吕不韦

慧眼识珠襄子楚，
功成显就大秦相。
主编吕览名传世，
终究弄权一命丧。

注：吕不韦（前292—前235），姜姓，吕氏，名不韦。战国末期商人、政治家、思想家。吕不韦在邯郸经商时结识了入质于赵的秦公子子楚（即异人），认为"异人奇货可居"，潜心扶植。后助子楚逃离赵国，返回秦国，进入秦国政治核心。子楚继位后，尊其为"仲父"，并封其为秦国丞相，权倾天下。吕不韦主持编纂《吕氏春秋》（又名《吕览》），汇合了先秦各派学说，"兼儒墨，合名法"，故史称"杂家"。书成之日，悬于国门，声称能改动一字者赏千金。此为"一字千金"。执政时对秦王政兼并六国有重大贡献。后因嫪毐谋反之事受牵连，被免除相邦职务，出居河南封地。不久，秦王政复命让其举家迁蜀，吕不韦担心被诛杀，饮鸩自尽。

慧眼識珠
功成卓識
大秦和
主編口覽
名傳世
源流無權
一新

戊子年

衍波

韩非子

君权神授近愚民，

不法不期四重行。

一部先秦韩非子，

法家学说集大成。

注：韩非（前280—前233），别名韩非子。战国末期思想家、哲学家、散文家，先秦法家思想集大成者。他总结了商鞅、申不害等的思想，提出了一套法治理论。同时继承了荀子的人性恶说，主张治国以刑、赏为本。"不期修古，不法常可""君权神授""重赏、重罚，重农，重战"四重。韩非的《孤愤》《五蠹》《内外储》《说林》《说难》五书，十余万言，万千感慨。秦王（即秦始皇）读《孤愤》《五蠹》等篇，极为赞赏。西汉刘向校书《韩子》（《韩非子》）为五十五篇，由后人辑集而成，在先秦诸子散文中独树一帜，构思精巧，语言幽默，于平实中见奇妙，具有警策世人的艺术魅力。

君權神�近昌

不法不足畏

四季行先秦

一部先秦

擬此子仏

法寫不歟

韓非子

· 秦汉 ·

李　斯

功莫大乎罪也盈，

文书兼擅有碑铭。

襄秦一统成帝业，

千古一相被五刑。

注：李斯（前284—前208），名斯，字通古。秦代政治家、文学家、思想家、书法家。在秦灭六国中发挥了重大作用。秦统一天下后，被任为丞相。建议拆除郡县城墙，销毁民间的兵器；反对分封制，坚持郡县制；主张焚烧民间收藏的《诗》《书》等百家语，禁止私学，以加强中央集权的统治。参与制定了法律，统一车轨、文字、度量衡制度。李斯政治主张的实施奠定了中国两千多年政治制度的基本格局。秦始皇死后，李斯与赵高合谋，伪造遗诏，迫令始皇长子扶苏自杀，立少子胡亥为二世皇帝，并妒杀韩非子。后为赵高所忌，于秦二世二年(前208年)被腰斩于咸阳闹市，并夷三族。

李斯

功莫大千罪
也盈文書兼擅有
碑銘襄秦一統
成帝業千古一
相被五刑
己亥春東滿

贾 谊

西汉鸿文瞩贾生，
体兼辞赋笔鸣钲。
贤才总为权臣妒，
能不呜呼惜落英。

注：贾谊（前200—前168），世称贾生。西汉初年政治家、思想家、文学家。年少即以育诗属文闻于世人。汉文帝时任博士，力主改革，遭到朝廷中权臣的排挤，被贬长沙。三十三岁即郁郁而死。司马迁对屈原、贾谊都寄予同情，为二人写了一篇合传，后世因而往往把贾谊与屈原并称为"屈贾"。主要文学成就是散文和辞赋两类。散文主要是政论文，评论时政，风格朴实峻拔，议论酣畅，鲁迅称之为"西汉鸿文"，代表作有《过秦论》《论积贮疏》《陈政事疏》等。其辞赋皆为骚体，形式趋于散体化，是汉赋发展的先声，以《吊屈原赋》《鵩鸟赋》最为著名。

西漢鴻儒曠

賈生體兼辭賦筆

鳴缶賢才縱為

權臣妒能不鳴呼

惜落英

賈誼 己亥 東海

晁 错

先学刑名后尚书，
法儒学贯惟晁错。
汉书史记皆评说：
智囊峭深刻又直。

注：晁错（前200—前154），西汉政治家、政论家、文学家。早年学"刑名之学"即法家学说，后受命去济南跟随伏生学习《尚书》，学贯儒法二家。汉文帝时为太子家令，有辩才，号称"智囊"。汉景帝时为内史，后升迁御史大夫。性情刚直不阿，曾多次上书主张加强中央集权、削减诸侯封地、重农贵粟。史记与《汉书》对晁错皆有四字评说：峭、直、刻、深。峭，即严厉；直，即刚直；刻，即苛刻；深，即心狠。又严厉，又刚直，又苛刻，又心狠，自然不会讨人喜欢。故吴、楚等七国叛乱时，被汉景帝错杀。晁错是位政治家，但他的政论文章富有文采，散见于《汉书》的《食货志》《爰盎晁错传》等篇。

诗咏中华历史文化名人一百家

先學刑名後尚書法

儒宗貫惟晁錯漢也

史記皆評論智囊

峭深刻又直

晁錯 乙亥 东海诗公

枚 乘

枚乘七发尚讽谕，

摛艳笔开汉赋新。

晚岁忽闻武帝征，

命无此幸徒劳神。

注：枚乘（？—约前140），字叔。西汉辞赋家。曾为吴王刘濞、梁王刘武的文学侍从。汉武帝闻其才华，安车召之入京。然枚乘已年老，惜其命无此幸，亡于途中。文学上的主要成就是辞赋。《汉书·艺文志》著录"枚乘赋九篇"。今仅存《七发》《忘忧馆柳赋》《梁王菟园赋》三篇。《七发》见于南朝梁萧统《文选》，是一篇讽喻性作品，为汉朝第一篇大赋，在汉赋发展史上具有里程碑的意义。枚乘之文章开创了以铺排华丽辞藻、文采光鲜、以文入画之散体汉赋的特点，一扫楚辞余绪之汉赋新面目。

枚乘

枚乘已發尚贏風
諭攬艷筆鄭潘
賦新晚歲感恩兮
武帝況命駕此幸
徒勞神

乙亥二月廿九日東滿

刘 安

心怀异志谋嗣汉，

祸起萧墙知自惭。

鸡蛋升天真敢想，

发明豆腐是刘安。

注：刘安（前179—前122年），西汉哲学家、思想家、文学家。汉高祖刘邦之孙，淮南厉王刘长之子。因汉武帝无子，淮南王刘安私谋起兵，欲夺汉位。心劳计拙，祸起萧墙，最终饮剑自尽。所幸其所著《离骚传》，是中国最早对屈原及其《离骚》作高度评价的著作。还曾招宾客方术之士数千人，编写《鸿烈》亦称《淮南子》，是我国思想史上的学术巨著。刘安是世界上最早以蛋壳升浮尝试热气球升空的实践者，也是豆腐的创始人。

司马相如

高山流水传佳话，
赋圣原来也无形。
琴挑文君乃设局，
有情史笔讳无情。

注：司马相如（约前179—前118），字长卿。西汉辞赋家。工辞赋，其代表作品为《子虚赋》。作品辞藻富丽，结构宏大，使他成为汉赋的代表作家，后人称之为"赋圣"和"辞宗"。他与卓文君的爱情故事被后世传为美谈，实为"窃赀，窃妻"，司马迁惜其才华，以曲笔掩之。鲁迅的《汉文学史纲要》中还把二人放在一个专节里加以评述："武帝时文人，赋莫若司马相如，文莫若司马迁。"

高山流水傳佳話　賦聖原味

必無形琴挑文君

乃設局有情史筆

諱空情

司馬相如　己亥　東篱

董仲舒

儒宗传法两千载，

当谢董公罢百家。

力倡宜民行德政，

江山一统天人嘉。

注：董仲舒（前179—前104），西汉哲学家、政治家、思想家、教育家。曾以《公羊春秋》《举贤良对策》中的儒家思想，并吸收其他学派理论，创建了以儒学为核心的新的思想体系，以儒家宗法思想为中心，杂以阴阳五行说，把神权、君权、父权、夫权贯穿在一起，形成帝制神学体系。"罢黜百家，独尊儒术"的主张为汉武帝采纳，使儒学成为中国社会正统思想，影响长达二千多年。并提出"天人感应""三纲五常""大一统"等重要学说。董仲舒的著作很多，尚存的有《天人三策》《士不遇赋》《春秋繁露》及严可均《全汉文》辑录的文章两卷。

儒家傳法為千載
罷黜群學罡百家
力倡宜流行德政
江山一統乃人嘉

董仲舒

东涛

东方朔

自荐上书拜太中，
诙谐睿智滑稽雄。
权臣武帝皆玩物，
游戏人生亦显荣。

注：东方朔（前154—前93），本姓张，字曼倩。西汉文学家。汉武帝即位，征四方士人。东方朔上书自荐，诏拜为郎，后任常侍郎、太中大夫等职。其性格诙谐，言辞敏捷，滑稽多智，常在武帝前谈笑取乐，玩弄权臣。切谏政事，武帝不用，只将其作俳优看。司马迁《史记》中称他"滑稽之雄"。中国古代对隐士分了三级，曰："小隐隐于野，中隐隐于市，大隐隐于朝。"东方朔被人们称之为"大隐""智圣"。著述甚丰，有《答客难》《非有先生论》等名篇。亦有后人假托其名作文。明人张溥汇为《东方太中集》。

自荐上书拜郎中
诙谐睿智滑稽雄
挟百武帝皆玩物
游戏人生岂显荣

七绝 东方朔 东海清心

司马迁

修史立言尊史圣，

可知绝唱腐刑余。

一函通史昭千古，

嗣后不肖曾问渠？

注：司马迁（约前145—约前90），字子长。西汉史学家、文学家、思想家。其父司马谈曾任太史令。所著《史记》是中国第一部纪传体通史。司马迁生活的时代正是汉朝国势强大、经济繁荣、文化兴盛的时候。十岁时，司马迁随父亲至京师长安，得向老博士伏生、大儒孔安国学习。汉武帝元丰三年，司马迁为太史令，有机会阅览汉朝宫廷所藏的一切图书、档案以及各种史料。后因为李陵辩护受宫型。忍辱终生，以整个生命写成一部伟大著作——《史记》。鲁迅称之为"史家之绝唱，无韵之离骚"。

修史立言尊史聖可

知絕唱腐刑餘一函通

史貽千古嗣後不肖曾問渠

咏司馬遷 己亥夏 東滿

刘　向

一

触逆权臣终染祸，

两番下狱幸无疴。

世传一部战国策，

校雠奏疏堪为歌。

二

薄积厚发少聚多，

多闻善择以明智。

鲍鱼兰芷不同箧，

前事不忘后事师。

注：刘向（前77—前6），原名更生，字子政，世称刘中垒。
西汉经学家、目录学家、文学家。其整理编辑的《战国策》
对后世的影响很大。主要以奏疏和校雠古书的“叙录”传
世。曾校阅皇家藏书，撰成中国第一部目录学著作《别录》。
另著有《新序》《说苑》《列女传》等。刘向传世名言很多，
第二首诗皆出自其名言。奏疏，是指秦时形成的一种文体；
校雠，是西汉自刘向始形成的一种校勘理论学问。

闕劍向
兩番下獄事無稽
世傳一部戰國策
枝儷秦晚甚為歌
薄積厚發少聚多
多聞善擇以明智
鮑魚蘭芷不同儔
前事不忘後事師

朱潤

班　固

文人自古多相轻，
下笔不休讥友朋。
名显位高权欲涨，
同僚共事难同心。

注：班固（32—92），字孟坚，班彪之子，班超、班昭之兄。东汉史学家、文学家。继父志补续《史记后传》，遭人诬告其私修国史，被捕入狱。其弟班超上书辩解。明帝嘉其义，赏识其才学，召为兰台令史。后又迁为郎，典校秘书。历时二十余年，撰写了中国历史上第一部断代史著作《汉书》。开创了"包举一代"的断代史体例，为后世"正史"之楷模。班固擅长作赋，撰有《两都赋》《幽通赋》等。傅毅与班固都是东汉文史学家，同乡同朝为官，班固妒其位显，出言或为文讥讽之。演绎"文人相轻""不相伯仲""下笔不休"相关典故。

班固　絕句

文人自古多相輕
不筆不休譏左丽
名顯位高权於灣
同僚共事難共心

己亥書　東滿

班　昭

东观续史昭才学，
知否汉书兄妹修？
班氏一门三史笔，
才高德韶领风流。

注：班昭（约45—约117），又名姬，字惠班。东汉史学家、
文学家，中国第一个女历史学家。史学家班彪之女，班固
之妹，十四岁嫁同郡曹世叔为妻，故后世亦称"曹大家"。
其兄班固著《汉书》，因犯事入狱，死于狱中。班昭奉旨
入东观藏书阁，续写《汉书》。汉和帝多次召其入宫，并
让皇后和众嫔妃视其为师，尊奉"大家"。邓太后临朝执
政后，曾参与政事。班昭博学多才，赋颂并娴，其汉赋作
品存世七篇，《东征赋》和《女诫》等对后世皆有影响。

东观续史昭才学知

答潜书见妹修班氏

一门三史笔才高德韵

领芳后

班昭 乙亥 东海

班昭为班彪之女班固之妹父
子三人皆为史官 东观续史乙
彧未详 即指班昭接兄遗作而言续汉也

蔡 伦

铁匠世家出九卿，

制弩铸剑号龙亭。

中华四大发明术，

造纸蔡侯惊世鸣。

注：蔡伦（约 61—121），字敬仲，出身铁匠世家。东汉明帝永平年入官，位尊九卿，身兼任尚方令，主管皇宫制造，所谓"尚方宝剑"，就是尚方制作的宝剑，即始于此，后来成为最高权力的象征。崔寔在其《政论》中有评："有蔡太仆之弩，及龙亭九年之剑，至今擅名天下。""蔡太仆""龙亭"，皆指蔡伦。蔡伦在前人造纸经验基础上革新造纸工艺，制成"蔡侯纸"，汉和帝下令推广他的造纸法，一术惊世。后因权力斗争自杀身亡。造纸术被列为中国古代"四大发明"之一，对人类文化的传播和世界文明进步的贡献无与伦比。蔡伦被纸工奉为造纸鼻祖、"纸神"。

鐵匠之家出九卿製

弩鑄劍鑄龍亭中

第四大發明術出紙

蔡侯驚世鳴

蔡倫

乙亥三月 石浦

龍亭者蔡倫之製劍名也即蔡之代稱也

许　慎

六书定义自叔重，

解字说文学海灯。

倘使世无许慎出，

文源字渊有谁澄。

注：许慎（约58—约147），字叔重。东汉经学家、文字学家、语言学家，中国文字学的开拓者。有"五经无双许叔重"之誉。《说文解字》是许慎一生最精心之作，前后花费了他半生的心血，开创了部首检字的先河，以六书进行字形分析，比较系统地建立了分析文字的理论。《说文解字》是我国第一部说解文字原始形体结构及考究字源的文字学专著，也是世界上很早的字典之一。许慎另著有《五经异义》《淮南鸿烈解诂》等书，已失传。由于许慎对文字学做出了不朽贡献，后人尊称他为"字圣"。

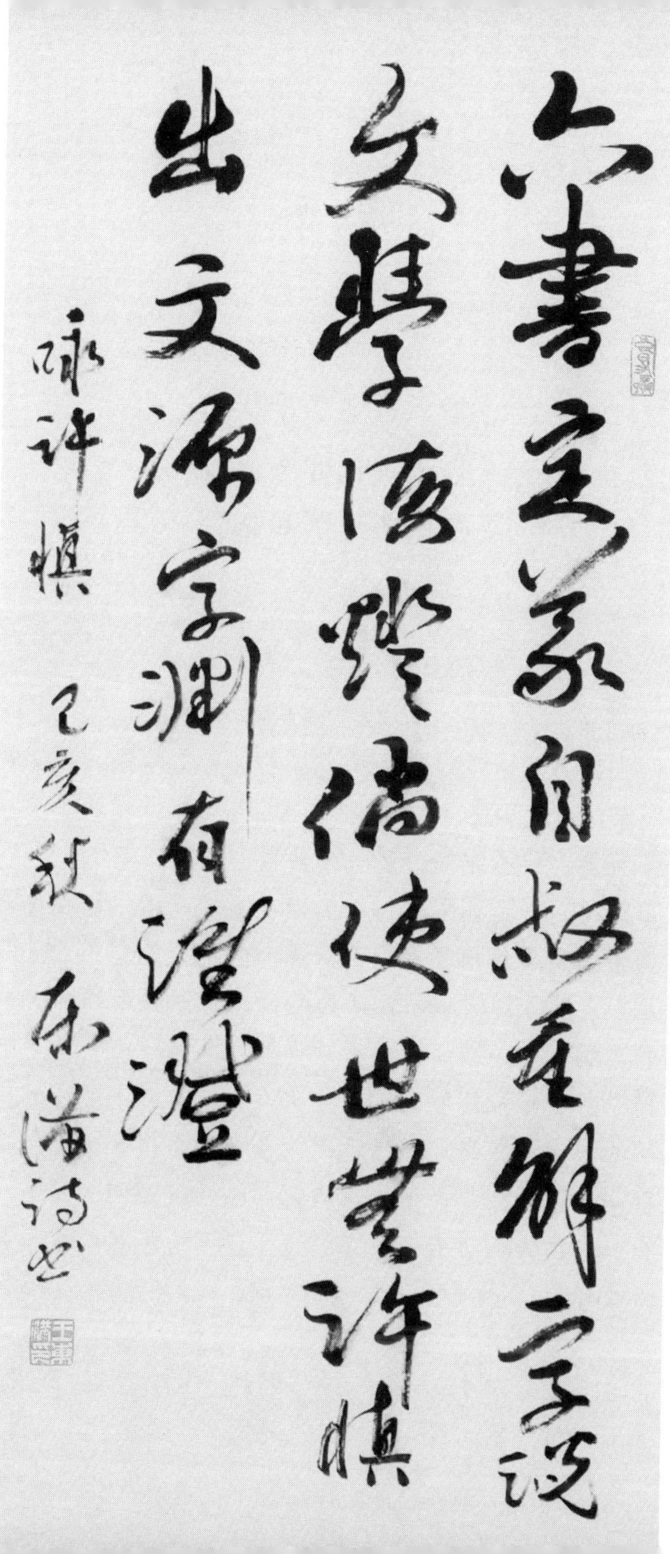

六書之家自叔重二字說

文學淵藪偏使世�920許慎

出文源字淵有澄澄

咏許慎

己亥秋 東海偶也

张　衡

灵宪所论今不谬，

穷天究地功千秋。

浑天神仪侔造化，

更有香文美誉俦。

注：张衡（78—139），字平子。东汉天文学家、数学家、
发明家、地理学家、文学家。"南阳五圣"（谋圣姜子牙、
商圣范蠡、科圣张衡、医圣张仲景、智圣诸葛亮）之一。
北宋时被追封为西鄂伯。张衡为我国天文学、机械技术、
地震学的发展作出了杰出的贡献，张衡观测记录 32500 颗
恒星，发明了浑天仪、候风地动仪，是东汉中期浑天说的
代表人物之一。被后人誉为"科圣"。他还第一次正确地
解释了月食形成的原因，并且认识到宇宙的无限性和行星
运动的快慢与距离地球远近的关系。张衡还有卓著的文学
成就，与司马相如、扬雄、班固并称"汉赋四大家"。张
衡在天文学方面著有《灵宪》《浑仪图注》等，数学著作
有《算罔论》，文学作品以《二京赋》《归田赋》等为代表。

張衡

靈憲野論今不謬窮
天究地功千秋澤后神
儀偉造化更有香文
美譽傳

己亥春東滿

蔡 邕

奇声独绝柯亭笛，

烈火天成焦尾琴。

书骨有神飞白体，

逸才旷世命多嗔。

注：蔡邕（132—192），字伯喈。东汉文学家、书法家，才女蔡文姬之父。因官至左中郎将，后人称他为"蔡中郎"。通经史，善辞赋，精通音律，曾制焦尾琴、柯亭笛。擅篆、隶书，尤以隶书造诣最深，创"飞白"书。为正俗儒讹传，亲自朱笔写碑，勒石熹平石经。但其命运多舛，生平藏书多至万余卷，晚年仍存四千卷。明人张溥辑有《蔡中郎集》。

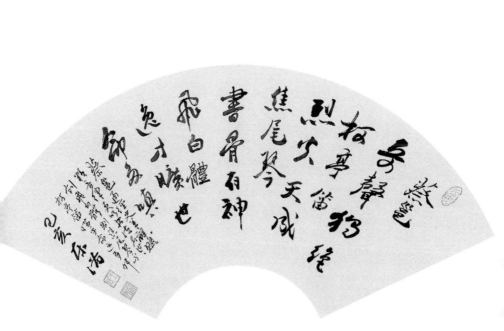

蔡邕

与蔡琰将

烈火焚丝绳

焦尾琴天成

書骨有神

飛白體

忽大嶂也

卿乎

张仲景

才高最忌宠于时，
医圣幸遭官运辞。
一部伤寒杂症论，
中华医道立宗师。

注：张仲景（约150—219），名机，字仲景。东汉末年医学家，被称为"医圣"。曾做过长沙太守，故有张长沙之称。潜心医道，广泛收集医方，写出了传世巨著《伤寒杂病论》，是中医史上第一部理、法、方、药俱备的经典。在方剂学方面，《伤寒杂病论》创造了很多剂型，记载了大量有效的方剂。其所确立的六经辨证的治疗原则，受到历代医学家的推崇。《伤寒杂病论》被喻为"众方之宗，群方之祖"，是中国医学史上影响最大的著作之一，是后学者研习中医必备的经典著作。

才高最忌罷和睦医
聖幸遭官遁辭一部
傷寒雜疫論中華医
送三宗師

張仲景

己亥春東滿

· 魏晋南北朝 ·

曹　操

挥鞭魏武真枭雄，

横槊赋诗气夺虹。

史笔从来失直道，

至今粉墨误奸忠。

注：曹操（155—220），字孟德，一名吉利，小字阿瞒。
三国时期政治家、军事家、文学家、书法家。三国时曹魏
政权的缔造者，其子曹丕称帝后，追尊为魏武帝，庙号太
祖。他统一了北方地区，大力推广屯田，对农业生产恢复
有很大作用。曹操精兵法，善诗歌。其诗气魄雄伟，慷慨
悲凉；散文清峻整洁，开建安文学之先河，史称建安风骨。
鲁迅评价其为"改造文章的祖师"。曹操还擅书法，工章草，
唐朝张怀瓘《书断》中评其为"妙品"。

捭阖纵横气象雄，模糊蛇蚓
诛奸绳史笔淫求失真迹
至今粉墨误群凶

味曹操
东海满

曹　丕

刘汉江山四百年，

一朝取代自开元。

大权独揽魏文帝，

争奈天不寿子桓。

注：曹丕（187—226），字子桓，曹操次子。三国时期魏朝的开国皇帝。曹丕文武双全，博览经传，通晓诸子百家学说。曹丕在位期间，修好四方，完成北方的统一。曹丕于诗、赋、文学皆有成就，尤擅长五言诗，与其父曹操和弟曹植并称"三曹"，今存《魏文帝集》二卷。曹丕著有《典论》，其中的《论文》是中国文学史上第一部系统的文学批评专论作品。

剥削阶级
的可耻

朝被代自开元

大权独揽小权分散

某某

凡不听号召
弼海

曹　植

七步成诗抒雅怨，
三曹开笔建安风。
一心报国屡遭妒，
独向洛神陈苦情。

注：曹植（192—232），字子建，曹操第三子。生前曾为陈王，死后谥号"思"，因此又称陈思王。曹植是三国时魏国诗人、文学家，建安文学的代表人物之一，两晋南北朝时期，被推尊为文章典范。其代表作有《洛神赋》《白马篇》《七哀诗》等。后人因其文学上的造诣而将他与曹操、曹丕合称为"三曹"。其诗"骨气奇高，词彩华茂"。文章多佚，今存《曹子建集》为宋人所编。南朝宋文学家谢灵运有"天下才有一石，曹子建独占八斗"的评价。

文章诗将雅怨三
潜年笔中吴兮忘
招国却画姤揭匀清
神临草清 啸连拉
右涛

诸葛亮

一

聪明绝顶也神昏，

三顾出庐襄汉亲。

汉祚分明如危卵，

龙椅何必刘家蹲。

二

出师一表分前后，

足见营营何苦心。

老杜莫言天下计，

三分鼎足殃生民。

注：诸葛亮（181—234），字孔明，号卧龙。三国时期蜀国丞相，政治家、军事家、外交家、文学家、发明家。得刘备三顾茅庐的知遇，辅佐刘备建立蜀国。指挥战役若干。有《前出师表》《后出师表》《诫子书》等文学性很高的政论文章名世。曾发明木牛流马、孔明灯等，并改造连弩，叫作诸葛连弩，可一弩十矢俱发。杜甫有"三顾频烦天下计"歌颂之。后世常以武侯尊称。一生"鞠躬尽瘁，死而后已"，是中国传统文化中忠臣与智者的代表人物。

諸葛

三顧頻煩天下計

兩朝出圖□神

龍榻何以劈家碑　知危漢襄

古風之一

出師一表□□後

正見蒼生□何益心

老杜凄涼天下計

三分割據□英雄淚滿民

□□□□□□□□□□
□□□□□□□□□
乙亥秋□□

蔡 琰

膻食帐居面荒沙，

满腔悲愤诉胡笳。

中郎有女能传业，

默写辨琴绝代佳。

注：蔡琰（生卒年不详），字文姬，又字昭姬。汉末三国时期才女，东汉大文学家蔡邕之女。因匈奴入侵，被匈奴左贤王掳走。十二年后曹操统一北方，用重金赎其回，再嫁屯田都尉董祀。蔡琰兼擅文学、音乐、书法。存世有《悲愤诗》和《胡笳十八拍》。默写辨琴，默写指蔡琰默书四百卷古籍呈送曹操；辨琴指蔡琰精通音律，其父弹琴弦断，能听出是哪根弦断。

咏蔡琰

膻食帐居面羌沙满腔悲
愤诉胡笳中郎有女能传
業黙辨琴绝代佳

己亥夏 王东满

孔　融

家学渊源才气盛，
让梨故事至今淳。
文人恶习妄抨政，
秃笔一枝惹祸根。

注：孔融（153—208），字文举。建安时期文学家，"建
安七子"（孔融、陈琳、王粲、徐幹、阮瑀、应玚、刘桢，
因曾同居魏都邺［今河北临漳］，又称"邺中七子"）之一，
孔子的二十世孙，太山都尉孔宙之子。孔融少有异才，勤
奋好学，能诗善文，孔融让梨的故事至今盛传。曹丕称其
文"扬（扬雄）、班（班固）俦也"。汉献帝即位后，任
北军中侯、虎贲中郎将、北海相，时称孔北海。性好宾客，
喜抨议时政，言辞激烈，后因触怒曹操而被杀。代表作《荐
祢衡表》《孔北海集》。

家學淵源才氣墾証
梨故事至今淳文人
悲習妄評議无筆一
故慈禍根

孔融 东涛

陈 琳

爱才不咎曹公德，

刀笔孔璋果不群。

草檄能诗尚鼓动，

惜乎疫丧老陈琳。

注：陈琳（？—217），字孔璋。建安时期文学家，"建安七子"之一。擅檄工诗。初从袁绍，后归曹操，为司空军谋祭酒。染疫而亡。代表作《为袁绍檄豫州文》《饮马长城窟行》《武军赋》。

陳琳

愛才不咎曹公似走刀
筆孔璋墨不群筆掾
能沟尚訝動暗手疫
袁老陳琳

己亥春 束滿

王　粲

观棋复局验强记，
举笔便成惊座篇。
可笑俗夫笑屏弱，
驴鸣悼念王仲宣。

注：王粲（177—217），字仲宣。建安时期文学家，"建安七子"之一。少有才名，为东汉学者蔡邕所赏识。王粲强记，观人下围棋，能背复棋局，一子不误。王粲身材屏弱，常逢冷遇，但其举笔成文，常惊四座。才居"建安七子"之冠，又与曹植并称"曹王"。公元216年（建安二十二年），王粲随曹操南征孙权，于北还途中病逝，曹丕亲率众文士为其送葬。为寄托对王粲眷恋之情，曹丕对众人说："仲宣平日最爱听驴叫，让我们学一次驴叫，为他送行吧！"于是一片驴叫之声。此即驴鸣送葬典故。

王粲　九絕

観棋復局驗聰明識峰
筆倒陂驚座幂而笑
借夫笑屬弱驪鳴煙禽
王仲宣

王粲病逝曹丕率
学驴叫为其送葬

因王生前喜聽驢叫
己亥春書於親窩齋　東滿

徐　幹

忽禄轻官远显荣，
怀才不用难推崇。
人皆贵有箕山志，
谁替吾民谋大同。

注：徐幹（171—218），字伟长。建安时期哲学家、文学家。
"建安七子"之一。以诗、辞赋、政论著称。代表作有《中
论》《答刘桢》《玄猿赋》。所著《中论》提出"名者，
所以名实也，实立而名从之"。开汉魏之际名理之学的先河。
主张"大义为先，物名为后"。

恩禄轻官远骷荣怅
才不用难推崇人皆
贵自箕山志谁替吾
民谋大同

建党名子之一

乙亥 安海

徐斡

阮　瑀

幸有曹公一把火，
元瑜傲气尽烧磨。
抚弦一曲颂曹魏，
孟德视文如操戈。

注：阮瑀（约165—212），字元瑜。建安时期文学家。"建安七子"之一。恃才傲物，相传曹操闻其有才，欲召为官，阮瑀不应，逃进深山，曹操命人放火烧山，逼其应召。其于宴会之上，抚弦而歌："奕奕天门开，大魏应期运。"曹大喜。

寧有曹公
一把火元瑜傲氣
盡意悦磨揖琴二
出曹公頌孟德祝
文如擢兵

阮瑀 己亥書
宋濤

应 场

邺中果是多人杰，

七子居然共一漳。

陈孔王徐刘阮应，

建安风骨史辉煌。

注：应场（177—217），字德琏。建安时期文学家。"建
安七子"之一。擅长作赋，但传世之作不多。原有集，已
散佚。明人辑有《应德琏集》。

襄陽

夕人燕累竺
然共一津一陳七子居
孔子徐初阮飛
彦吳陽肓飛

錢煌

己卯春分伯南

刘 桢

少年强记誉神童，
壮岁应召伺魏公。
傲上获刑做小吏，
高风跨俗一孤鸿。

注：刘桢（约180—217），字公幹。建安时期魏名士。"建
安七子"之一。博学有才，被曹操召用。后以不敬罪获刑，
刑后署吏。所作五言诗，风格遒劲，语言质朴，重名于世。
官位虽低微，但无丝毫的奴性。今有《刘公干集》。

少年頒記鬢　神童壯歲名何
銳氣傲上獲利飲心走馬風塵俗
一眼鴻

咏劉頌　己亥仲秋　東海

嵇 康

敢非汤武薄周孔，

刚烈性情乃祸根。

一曲广陵成绝响，

竹林萧萧哭贤人。

注：嵇康（223—262），字叔夜。魏晋时期文学家、思想家、音乐家。魏晋玄学的代表人物。受魏宗室赏识，被封为浔阳长，后升任中散大夫。"竹林七贤"（嵇康、阮籍、山涛、向秀、阮咸、王戎、刘伶）之一。嵇康崇尚老庄，称"老子、庄周吾之师也"，反对名教，拥护曹魏，声言"非汤武而薄周孔"，遭钟会陷害，为司马昭所杀。刑前，三千太学生请愿请求赦免，未准。嵇康神色如常，向兄长嵇喜索取其琴，刑场抚弦一曲《广陵散》。东晋名士谢万将其列为"八贤"之一。袁宏在《名士传》中也称嵇康等七人为"竹林名士"。

敲那陽武薄周孔岳

烈性情乃禍根一曲

廣陵成絕响竹林蕭

哭賢人

咏嵇康

己亥夏 布渝

嵇康刑前彈廣陵
散曲此曲從此
不復存世

阮 籍

醉酒避亲厌司马，

抚琴啸傲正始音。

眼分青白懒多语，

三哭穷途宣怨嗔。

注：阮籍（210—263），字嗣宗，阮瑀之子。魏晋时期诗人、文学家、思想家。"竹林七贤"之一。曾任步兵校尉，世称阮步兵。崇奉老庄之学， 政治上则采取谨慎避祸的态度。阮籍是"正始之音"的代表， 著有《咏怀》《大人先生传》等。司马昭欲招其为婿，阮籍每日酩酊大醉，醉酒避亲。阮籍待人以青眼白眼分好恶，白眼看之，恶之；青眼看之，喜之。阮籍三哭掌故：一哭其母；二哭兵家女；三哭穷途。

醉酒避艱 嵇司馬撫琴嘯

傲正始 音眼分青白懶多

語三哭窮途 靄然嘆

阮籍乃竹林七賢之一 正始之音的代表 司馬昭於招之為婚

阮籍以每日酪酊大醉逃避之 正始之音品是正始之年的詩參

阮籍

乙亥春 森濤

山　涛

性好老庄志不群，
竹林高卧大贤人。
金樽八斗人方醉，
攘袂登坛宣武论。

注：山涛（205—283），字巨源。魏晋时期名士、玄学家。"竹林七贤"之一。早孤，家贫，好老庄学说，能酒，有八斗方醉之说，与嵇康、阮籍等常交游于竹林中，魏晋时入仕。能文精武，时有高论。有文集十卷，《全晋文》录入五卷，今已佚。

胜妒吞宦岛石罪竹林云

卧大贤人全榫八年人云酯

攘祓坐坛宣书怜

山涛为竹林七贤之一能文精武时有高论

山涛

乙亥春　林涛

向 秀

隐居不仕高人格，
妙析庄周畅玄风。
中道既废当初志，
何须谤毁箕山名。

注：向秀（227—272），字子期。魏晋时期哲学家、文学家。
"竹林七贤"之一。曾厌恶官场，隐居不仕。后嵇康、吕
安被司马氏害死，迫于强权的压力，即受司马昭接见出任
黄门侍郎、散骑常侍。此人喜谈老庄之学，曾注《庄子》，
"妙析奇致，大畅玄风"。注未成便过世。郭象承其《庄子》
余绪，成书《庄子注》三十三篇。据《晋书·向秀传》中
记载，康既被诛，秀应召入洛。文帝问曰："闻有箕山之志，
何以在此？"秀曰："以为巢许（即巢父和许由。代指隐士。
相传尧想将天下让给许由，许由不受而避居箕山。之后'箕
山之志'就用指隐居避世、不慕虚荣的高尚志节）狷介之士，
未达尧心，岂足多慕。"取悦文帝。

隱居不仕高人格妙析
莊周暢玄風中道既廢
當初志何須謗毀箕山名
咏向秀 乙亥夏 東海

阮　咸

八斗才粮抛子建，

琵琶传响有流泉。

恃才傲世又何益，

自作清高亦可怜。

注：阮咸(生卒年不详)，字仲容。魏晋时期名士，文学家。"竹林七贤"之一。阮籍之侄，与籍并称为"大小阮"。为人放浪不羁，精通音律，有古代琵琶以"阮咸"为名。作有《三峡流泉》一曲。自恃"八斗才粮抛子建"。

八斗才帷抛子心悲琶
傳响有流泉恃才傲士
又何益自作情高只可
憐　阮咸　乙亥春　朱涛

王　戎

识鉴清谈不足誉，

贪财卖李真卑微。

文人富学多贫德，

名士大贤怕揭帷。

注：王戎（234—305），字濬冲。魏晋时期名士。"竹林七贤"
之一。长于清谈，以品评识鉴著名。身材矮小，为人贪吝，《世
说新语》《俭啬》篇共有九条，即有四条记王戎事。晋书
谓王戎"性好利"，多置园田水碓，聚敛无已，富甲京城。
"卖李贪财"一事，乃其最卑微之传说。

识鉴清谈不足誉贪财卖
李真卑微文人富学多贫
德名士大贤帕揭帷

史书多有王戎贪财好利之举富甲
京城还演出贪财卖李之举微行此

咏王戎 己亥夏 东满

刘 伶

枕曲藉糟尊酒侯，

浩歌狂啸逍遥游。

刘伶避世唯沈醉，

敢以裸奔天下羞。

注：刘伶（约221—约300），字伯伦。魏晋时期名士、玄学家。"竹林七贤"之一。刘伶嗜酒不羁，被称为"醉侯"，好老庄之学，追求自由逍遥、无为而治。西晋泰始二年（266）朝廷派特使征召刘伶入朝为官，刘伶大醉裸奔，羞辱官府。刘伶最终一生不再出仕。存世作品仅《酒德颂》《北芒客舍诗》。

枕曲籍糟尊酒侯浩歌狂

嘯逍遙游刘伶睥睨世唯沈

醉藏以祼奔天下篇

刘伶，魏晋名士竹林七贤之一，好酒不羁，世尊酒侯好老庄，追求自由，秦始朝廷征召为官，刘大醉祼奔以此羞辱官府

刘伶

乙亥春 书於积贤斋 存海

王羲之

一

一笔兰亭何了得，
古今绝响嗟无及。
唐皇至死不分赏，
囊入地宫成永逸。

二

世人临习重其表，
书品难能是韵神。
学识襟怀无海量，
焉能奏响无弦琴。

注：王羲之（303—361），字逸少。东晋书法家，有"书圣"之称。官至右军将军、会稽内史，世称"王右军"。其书法兼擅隶、草、楷、行各体，博采众长，摆脱汉魏笔风，自成一家。风格平和自然，笔势委婉含蓄，妍美健秀，影响深远。代表作《兰亭集序》被誉为"天下第一行书"。在书法史上，他与其子王献之合称为"二王"。

王羲之

一筆蘭亭何了得古今絕响嗟無及

唐皇至死不分贓裹入地宫成永逸
之二

世人临習重其表書品難能是韻神

學語襟懷无海量焉能奏响碧弦琴
乙亥春
王東滿

陶渊明

五柳先生传五柳，

诗招山水田园魂。

不知陶令隐何处，

掩卷犹闻归去吟。

注：陶渊明（365—427），字元亮，又名潜，号五柳先生。
东晋末至南朝宋初期诗人、辞赋家、散文家。做彭泽县令
八十多天便弃职辞官，归隐田园。故有"不为五斗米折腰"
掌故。他是我国第一位田园诗人，被称为"古今隐逸诗人
之宗"，有《陶渊明集》《归去来兮》《桃花源记》等传世，
《五柳先生传》为作者自传体散文。

舞先生傳五柳詩

招此移田園記陶令不

知冠何處拖書猶

歸去吟咏陶淵明

东潘

谢灵运

山水诗派谢灵运，

才高猖獗致殒凶。

狂言一斗傲天下，

自恨官微屈谢公。

注：谢灵运（385—433），名公义，字灵运。南北朝时期诗人、文学家、佛学家、旅行家。为东晋名将谢玄之孙、秘书郎谢瑛之子。世袭为官。博览群书，工诗善文，开创山水诗派，兼通史学，擅书法，曾翻译外来佛经，并奉诏撰《晋书》。其为人狂傲，言天下之才一石，子建（曹植）分八斗，谢占一斗，其余天下人才分一斗。刘宋代晋后，降职，抱怨官小，招致宋文帝刘义隆以"叛逆"罪诛杀之，年四十九。

咏謝靈運

山水詩派謝靈運
才為猖獗致殞凶
狂言一斗傲天下
自恨官微屈汾公

乙亥 東浩

郑道昭

君臣联句传佳话，
书体魏碑郑鼻祖。
大字尤佳行笔正，
南王北郑云峰矗。

注：郑道昭（455—516），字僖伯，自称"中岳先生"。
北朝时期诗人、书法家。魏碑体鼻祖。其善正书，体势高
逸，作大字尤佳。时誉"书法北圣"，与王羲之齐名，有"南
王北郑"之誉。清嘉庆、道光间，山东云峰山、天柱山等
处发现郑道昭所书四十多处，为北魏书法艺术的三大宝库
之一。其中以《郑文公上碑》《郑文公下碑》《论经书诗》
《观海童诗》等摩崖刻石最为著名。康有为《广艺舟双楫》
把郑道昭云峰刻石四十二种列于"妙品"，称"云峰山刻石，
体高气逸，密致而通理"。

碑皆昉兹
書體佳且臣
鄭體亂謬譯
鼻說句
祖律
大字優佳
行筆正
署王北鄉
酒派潤

（印）（印）

刘 勰

为官乱世有清风，

而立发声千古评。

一部文心彰万世，

奇峰出岫百花明。

注：刘勰（约465—约520），字彦和。南北朝时期文学理论家、
批评家。约四十岁后进入仕途，颇有清名。晚年在山东莒
县浮来山创办（北）定林寺。奉皇命和慧震在定林寺撰写
订证经文，后请求出家，帝允许出家，改名慧地，不久去世。
刘勰虽任多种官职，但其名不以官显，却以文彰，一部《文
心雕龙》奠定了他在中国文学史上和文学批评史上的地位。

為官風骨存清苦而立身著聲千古
評一部文心雕龍第世名峰出岫
百花明

一部指文心雕龍 劉勰是家為學
咏劉勰 己亥仲秋 東漸鄉居

郦道元

文自清纯品自高，

猛严常令奸佞毛。

嗟乎壮士死非命，

留得水经注滔滔。

注：郦道元（约472—527），字善长。南北朝时期地理学家、散文家。他一生好学不倦，博览群书。官至御史，为官清刻严峻，不避权贵。后为关右大使，被雍州刺史萧宝寅所害。其所撰《水经注》四十卷，文笔清纯，描写生动，既是一部内容广泛详实的地理著作，也是一部优美的山水游记文集。

文自清纯品自高

猛厉常令奸佞慑

嗟乎壮士死兆命

留得人间经注遍

郦道元为北魏地理学家被叛军所害

郦道元 乙亥春 东涛诗书

· 唐五代 ·

欧阳询

史誉楷书四大宗，
欧阳无愧享其荣。
学童代代临书帖，
无不孜孜九成宫。

注：欧阳询（557—641），字信本。初唐书法家。"初唐四大家"（欧阳询、虞世南、褚遂良、薛稷）之一。因其子欧阳通亦通善书法，故其又称"大欧"。其书于平正中见险绝，最便于初学者学习，号为"欧体"。代表作楷书有《九成宫醴泉铭》《皇甫诞碑》《化度寺碑》，《皇甫诞碑》被称为"唐人楷书第一"；行书有《行书千字文》。有书法论著《八诀》《传授诀》《用笔论》《三十六法》，具体总结了用笔、结体、章法等书法技巧和美学要求，是中国书法理论的珍贵遗产。

無名大家宗楷間

悅享其榮歐陽

學童代之臨

此帖云不歐陽

改之九嶷山人

己亥之秋康有為

虞世南

直言敢谏太宗敬，
书法二王遒丽风。
历代名家多入仕，
世南五绝绝稀声。

注：虞世南（558—638），字伯施。初唐书法家、文学家、诗人、政治家。善书法，"初唐四大家"之一。唐太宗称其忠直、德行、博学、文词、书翰为五绝（"世南一人，有出世之才，遂兼五绝。一曰忠谠，二曰友悌，三曰博文，四曰辞藻，五曰书翰"）。书法代表作品有《孔子庙堂碑》《破邪论》《汝南公主墓志》。

書法三王酒何宗載
歷代名家多入仕
臺南五絕珍稀
聲
乙亥春
梁瀬

王　勃

我访洪都为解谜，
滕王高阁为谁修？
一挥而就千秋序，
敢笑长江空自流。

注：王勃（约650—约676），字子安。唐代文学家。"初唐四杰"之一。自幼聪敏好学，六岁能文，誉为"神童"。九岁读颜师古注《汉书》，作《指瑕》十卷以纠正其错。十六岁应科试及第，授职朝散郎。唐高宗上元三年（676）八月，在去交趾探望父亲时，不幸渡海溺水而死。王勃擅长五律和五绝，代表作品有《送杜少府之任蜀州》《滕王阁序》等。

王勃

我访洪都为
解谜胜王高
闲为谁修一
挥而就千秋
序故笑长江
空自流

杨　炯

尽扫齐梁绮艳风，
诗文刚健咏心声。
愧前耻后情何堪，
一集盈川手泽澄。

注：杨炯（约650—约693），初唐文学家。"初唐四杰"
之一。早慧多才，恃才傲物，终于盈川令，世称杨盈川。
存诗三十余首，以五言见长，多边塞征战诗篇，主张"骨
气""刚健"文风。所作如《从军行》《出塞》等，气势
轩昂，风格豪放，尽脱齐梁宫体绮艳之风。另存赋、序、
表、碑、铭、志、状等五十余篇。明代童佩辑有《杨盈川集》
十卷。杨公祠有联颂之："当年遗手泽，盈川城外五棵青松；
世代感贤令，瀫水江旁千秋俎豆。"（愧前耻后：初唐四杰
排序"王杨卢骆"，杨自谓耻于王勃之后，愧于卢照邻之前。）

書掃弄課侍艷風詩
文卽使味心聲恨茹
恥後惆河忆一集盈
川今渾灣

初夏○焦之一

楊炯
乙亥春
東滿

卢照邻

诗擅歌行富韵采，

旺年染疾运何哀。

纵经医圣施调治，

一跳初唐丧逸才。

注：卢照邻（约636—约695），字升之，自号幽忧子。初
唐诗人。"初唐四杰"（王勃、杨炯、卢照邻、骆宾王）之一。
后因病苦，虽经医圣孙思邈医治，不忍病苦，跳颍水自杀。
有七卷本的《卢升之集》、明张燮辑注的《幽忧子集》存世。
卢照邻尤工诗歌骈文，佳句"得成比目何辞死，愿作鸳鸯
不羡仙"等，被后人誉为经典。

功擅歧黄富韵才

梁溪至宝名医云施

調治一跳初唐四杰才

初唐四杰之一病苦　経医圣孙思邈施治　不只英苦
颖水自救　俱七卷　失并之集存世

卢照邻　乙亥春　东满

骆宾王

一檄雄文讨武曌，
奈何高洁信无人。
运逢乱世孤安托，
空抱才情遁佛门。

注：骆宾王（约640—684），字观光。初唐诗人，"初唐四杰"之一。高宗永徽中为侍御史，因事下狱，有《在狱咏蝉》："无人信高洁，谁为表予心。"次年遇赦。徐敬业起兵讨伐武则天时，写下了有名的讨武氏檄文《为徐敬业讨武曌檄》。檄文罗列武后罪状，感人至深。武后读至"一抔之土未干，六尺之孤安在"两句时，大为震动，责问宰相为何不早重用此人。徐敬业兵败后，骆宾王下落不明，或说被乱军所杀，或说遁入空门。

骆宾王

一檄雄文讨
武曌祭何亨
清信无人至
逢鼠士难安
托空抱才情
遁佛门

骆宾王曾为徐敬业撰讨伐武则天
檄文　武则天尝责问为何不
甲用此人　一说为乱军将杀
一说遁入佛门

乐芬

张若虚

吴中四士君堪哀，

文阀最恶是妒才。

幸有大贤开慧眼，

春江花月真鸿裁。

注：张若虚（约660—约720），初唐诗人。以《春江花月夜》著名。与贺知章、张旭、包融并称为"吴中四士"。涉于文人偏见妒才，历朝诗辑很少见有其作，故他的诗仅存二首于《全唐诗》中。其中《春江花月夜》沿用陈隋乐府旧题，抒写真挚动人的离情别绪及富有哲理意味的人生感慨，语言清新优美，韵律宛转悠扬，洗去了宫体诗的浓脂艳粉，给人以澄澈空明、清丽自然的感觉。素有"孤篇盖全唐"之誉。闻一多誉称为"诗中之诗，顶峰中的顶峰"。

吴中四士君坻辰文

阖庐烝号妒才幸有

大贤耳慧邪亭江花

月真鸣裁

其诗春江花月夜被

誉为诗中之诗诗中嶺

峰

张若虚 乙亥 石涛

宋之问

武后夺袍重赏赐，

才名偶幸武周时。

诗多媚附品行贱，

幸有律型可说辞。

注：宋之问（约656—712），字延清，名少连。初唐时期诗人。其诗与沈佺期齐名，并称"沈宋"。沈佺期、宋之问总结了六朝以来声律创作经验，确立了律诗的形式，驰名一时，对唐律体之定型颇有贡献，为近体诗定型的代表诗人。所作多粉饰太平、颂扬功德之应制诗，靡丽精巧，尤善五言律诗。还有一桩"因诗杀人"广为流传的命案。传说宋之问见其外甥刘希夷的一句诗"年年岁岁花相似，岁岁年年人不同"，颇有妙处，便想占为己有，刘希夷不从，宋之问便令家奴用装土的袋子将刘压死。

武后夺龍垂賞賜才名侶幸武周時诗每媚附而り残幸律型天说非

此佥りと端惟以对律诗成型有贡献る说

宋之问 己亥 东溟

補遺：幸下補有

陈子昂

千古忠义昭感遇，
国朝高蹈盛文章。
才名足以括天地，
合著黄金铸子昂。

注：陈子昂（约659—702），字伯玉。唐代诗人。曾任右
拾遗，世称陈拾遗。少时轻财好施，慷慨任侠。以上书论
政得到武则天重视，授麟台正字。后升右拾遗。因直言敢
谏，得罪权贵，被降职。由于政治抱负无法实现，三十八
岁时便辞官还乡。不就被射洪县令段简所害。陈子昂倡导
"汉魏风骨"和"风雅兴寄"，其诗一扫齐梁绮艳遗风。
存诗百余首，其中最具代表性的有组诗《感遇》三十八首、
《蓟丘览古》七首和《登幽州台歌》《登泽州城北楼宴》等。
元好问诗评："合着黄金铸子昂。"

括天地含著章才名是以千古流芳圖朝書協遂文盛

贺知章

半生入仕侍皇亲，
告老还乡领显尊。
帝制五言怅离别，
筵开百桌饯归臣。

注：贺知章（约 659 年—约 744 年），字季真，晚年自号"四明狂客""秘书外监"。唐代诗人、书法家。少时以诗文知名。为人旷达不羁，好酒，有"清谈风流"之誉，晚年尤纵。与张若虚、张旭、包融并称"吴中四士"，常与李白、李适之等饮酒赋诗，时称"饮中八仙"。其诗文以绝句见长，清新潇洒，其中《咏柳》《回乡偶书》等脍炙人口，千古传诵。作品大多散佚，《全唐诗》录其诗十九首。晚年归乡，帝赠其五言诗并命众臣开百桌盛宴为之送行。

少小离家向
乡音鬓毛衰
别
醉卧
的句韵

咏贺知章　乙亥重阳　陈潘

张九龄

风度得如九龄否？
玄宗荐士之高标。
韵格神清诗骨峻，
天涯明月昭夕潮。

注：张九龄（678—740），一名博物，字子寿。唐开元年间名相，政治家、文学家、诗人。他的五言古诗，"海上生明月，天涯共此时"，素练质朴，神清骨峻，一扫唐初沿袭六朝绮靡之诗风，誉为"岭南第一人"。张九龄是玄宗时期最后一位贤相，为官清正不阿，秉公守则，直言敢谏，选贤任能，不徇私枉法，为"开元之治"作出莫大贡献。去世后，唐玄宗每逢荐士，总要问"风度得如九龄否？"因此，一直为后世人所崇敬。

風度得如九齡否
宗薦士之高標書韻神
情詩骨峻至涯明月照
夕潮

唐名相 唐玄宗每有選士必問風度得如九齡否其詩為人神情骨峻有名句海上升明月天涯共此時

張九齡 己亥春 東滿

张　旭

情钟造化寓于书，
书道丰神有若无。
八法竟传昭今古，
酒狂草圣绝高徒。

注：张旭（约685—约759），字伯高，一字季明。唐中期
书法家。善草书，性好酒，有草书八法传世，人称"草圣"。
世称"张颠"。与李白、贺知章等谓饮中八仙。唐文宗曾下诏，
以李白诗歌、裴旻剑舞、张旭草书为"三绝"。又工诗，
以七绝见长，与贺知章、张若虚、包融号称"吴中四士"。
传世书迹《肚痛帖》《古诗四帖》等。

張旭

書中情鍾造化富於

有若草八法竞傳

照夕古酒狂草垂

孫高徒

乙亥春東海書张旭和學聖

孟浩然

应试不名入仕休，
太学赋诗举座惊。
还是鹿门归隐好，
田园山水任笔耕。

注：孟浩然（689—740），名浩，字浩然，号孟山人，世
称孟襄阳，因未入仕途，不媚俗世，修道归隐鹿门山，又
称孟山人。盛唐山水田园派诗人。四十岁游长安，应进士
举不第。曾在太学赋诗，名动公卿，举座钦服，为之搁笔。
孟诗绝大部分为五言短篇，多写山水田园和隐居心情。有《孟
浩然集》三卷传世。

應試不名入仕林

詩筆座覺鹿山歸

隱歟田園多佳筆耕

味孟浩然 乙亥 林溥

王昌龄

投笔从戎出塞行，

黄沙大漠酿诗情。

才高性傲遭人妒，

冰心一片王江宁。

注：王昌龄（698—757），字少伯。盛唐边塞诗人。不堪
为官之累，投笔从戎，西出边塞，作边塞诗最著。后遭谤
毁被贬岭南，"安史之乱"被刺史闾丘晓所妒杀。王昌龄
与李白、高适、王维、王之涣、岑参等人交往深厚。其诗
以七绝见长，有"诗家夫子王江宁""七绝圣手"之誉。
代表作有《从军行七首》《出塞》《闺怨》等。

投筆從戎出塞沙 黄沙大漠釀

詩情 才寫性傲遭人妒 冰心一片

玉江寧

咏王昌齡

王東潘诗书

王 维

山水诗人王右丞，
诗书画乐不无精。
画中有诗诗如画，
明月清泉千古评。

注：王维（701—761），字摩诘，号摩诘居士。唐朝诗人、画家，山水田园派代表。官至尚书右丞，世称"王右丞"。精通诗、书、画、音乐等。与孟浩然合称"王孟"，有"诗佛"之称。苏轼评价其："味摩诘之诗，诗中有画；观摩诘之画，画中有诗。""明月松间照，清泉石上流"，为千古绝唱。代表诗作有《相思》《山居秋暝》等。著作有《王右丞集》《画学秘诀》。

王维

山水詩人
王右丞詩
書畫樂不
会精畫中
有詩詩好
池明月清
泉手古評

崇信職尚書右丞故有
王右丞之稱有詩傳之
美譽

东潘

李　白

楚狂大笑出门去，
一去千年醉梦乡。
留下诗词九百首，
字字散发美酒香。

注：李白（701—762），字太白，号青莲居士，又号"谪仙人"。
唐代浪漫主义诗人，被后人誉为"诗仙"，与杜甫并称为"李
杜"或"大李杜"（李商隐与杜牧为"小李杜"）。其人
爽朗大方，爱饮酒作诗，喜交友。代表作有《望庐山瀑布》
《行路难》《蜀道难》《将进酒》《静夜思》《早发白帝城》
等。有《李太白集》，存诗近千首。

攀狂大笑出门去 一去千

年醉梦卿留下诗词九百

首字～ 散发美酒香

李白有诗 仙之美兰

嘴李白七绝 王东游

青莲居士

高 适

宦海奉迎非我趣，

辞官拂袖做游魂。

黄云万里走边塞，

天下谁人不识君。

注：高适（约704—约765），字达夫、仲武。唐代诗人。
因不堪官场奉迎之烦，辞官侠游边塞。其诗感情真挚爽朗，
语言质朴凝练，风格慷慨激昂。边塞诗派主要代表，与岑参、
王昌龄、王之涣合称"边塞四诗人"。"莫愁前路无知己，
天下谁人不识君"为其名句。

诗咏中华历史文化名人一百家

咏寫適

官渡春正他家旅襟
官拂袖儗追魂黄雲
第里去色雲飞六窪
人不浅君
乙亥夏　朱满

颜真卿

大唐名相鲁颜公，

一笔颜书气势雄。

曾率义军拒叛将，

惜遭缢杀谥文忠。

注：颜真卿（709—784），字清臣，小名羡门子，别号应方。唐代政治家、书法家。官至吏部尚书、太子太师。被封鲁郡公，人称"颜鲁公"。"安史之乱"，曾率义军对抗叛军。后被叛将李希烈缢杀。谥号"文忠"。颜真卿书法精妙，创"颜体"楷书，对后世影响很大。与赵孟頫、柳公权、欧阳询并称为"楷书四大家"。又与柳公权并称"颜柳"，有"颜筋柳骨"之誉。

大唐名相魯顏公一筆顏
書氣勢雄渾義軍拒叛
將惜遭繼殺譜文忠
安之亂率蕎軍平叛被束
咏顏真卿 王東滿

杜 甫

杜甫一生叨末座，

老来幸有一人识。

若无元稹识珠眼，

诗圣至今江上哭。

注：杜甫（712—770），字子美，自号少陵野老。唐代现实主义诗人，与李白合称"李杜"，被后人尊称"诗圣"。他的诗被誉为"诗史"。杜甫在世时名声并不显赫，在长安圈内常"叨末座"。偶然被时任成都太守的大诗人元稹发现其作品集，惊赞力荐，方名显诗红，声名远播，并对中国文学产生了深远影响。杜甫创作了1500多首现实主义诗歌，大多集于《杜工部集》，"三吏""三别"为其重要代表作品。

七絕 杜甫之一

杜甫一生切未座表來幸
有大賢識若無元稹浚珠
眼詩雲全今江上哭

杜甫生苦并不像人伯托象得那么風光以至
之稹到成都做太守時偶然发现他的詩集才驚嘆力
荐使之在詩讀有了後来印地位

乙亥春 於頹鬥齋 东滿

怀　素

和尚原来也任性，
贪杯豪饮动柔情。
挥毫宣泄龙蛇舞，
成就千秋狂素名。

注：怀素（725—785）字藏真，俗姓钱。唐代书法家。幼
年好佛，出家为僧，僧名怀素。精勤学书，其草书在书法
史上领一代风骚，被称为"狂草"。所书"狂草"，用笔
圆劲有力，使转如环，奔放流畅，一气呵成，对后世影响
极为深远。与唐代另一草书家张旭齐名，誉称"张颠素狂"
或"颠张醉素"。代表作有《自叙帖》《苦笋帖》《食鱼帖》
等。

和尚任性原是
飲動柔情衣裳也
毫宣泄龍蚊撐
舞成就千秋
狂素名

怀素洽生大饮幼好佛
私志狂草人纵使狂素
狂草妙迹横古

志清

孟 郊

入深履险誉诗囚，
岛瘦郊寒千古俦。
一咏孟郊游子吟，
不肖世代泪奔流。

注：孟郊，(751—814)，字东野。唐代诗人。生性孤直，
一生潦倒，好五言古诗。为诗严谨，苦思力敲，入深履险。
其《游子吟》名显千秋。有"诗囚"之称，又与贾岛齐名，
苏轼称"郊寒岛瘦"。有《孟东野诗集》。

诗咏中华历史文化名人一百家

孟郊

一夜夜临笔
诗曰岛瘦郊
寒千古传一味
孟郊好子
吟不肯七代
溟奔流

唐代湖州人生性孤直一
生潦倒诗五百余首以
游王峰名题子秋山云岛
寒名游东坡称郊寒岛瘦

东苗

韩　愈

文似江河腾万象，
诗如雷电挟千山。
谏迎佛骨死生以，
百代文宗祀圣坛。

注：韩愈（768—824），字退之，世称"韩昌黎"。唐代诗人、
文学家、思想家、哲学家、政治家。官至吏部侍郎，人称"韩
吏部"。韩愈是唐代古文运动的倡导者，"唐宋八大家"（唐
代韩愈、柳宗元，宋代欧阳修，苏洵、苏轼、苏辙、王安石、
曾巩）之一，被后人尊为"唐宋八大家"之首。诗文大气磅礴，
与柳宗元并称"韩柳"，有"文章巨公"和"百代文宗"之誉。
后人将其与柳宗元、欧阳修和苏轼合称"千古文章四大家"。
他提出"文道合一""气盛言宜""务去陈言""文从字顺"
等散文写作理论，著有《韩昌黎集》等。

韓愈

文似江河騰羡
衆詩如雷電挟
千山涷迎佛
骨元生以 百代文
宗祀雲壇

世稱韓昌黎與柳宗元並稱
韓柳有百代文宗之譽

東海

刘禹锡

梦得精华老不竭，
雄浑高迈誉诗豪。
一文陋室铭千古，
亮节清风万世标。

注：刘禹锡（772—842），字梦得。唐代文学家、哲学家，
有"诗豪"之称。其诗文俱佳，涉猎题材广泛，与柳宗元
并称"刘柳"，与韦应物、白居易合称"三杰"，并与白
居易合称"刘白"。有《陋室铭》《竹枝词》《杨柳枝词》《乌
衣巷》等名篇。哲学著作《天论》三篇。存世有《刘宾客集》。
古贤评论，其诗文"雄浑老苍，沉着痛快""精华老而不竭"，
极赞刘人品之"豪"。

夢得精華老不調雄渾

高邁夢詩豪一文隨室

銘千古亮節清風

第六標 唐時有詩豪之稱其名
篇隨室銘傳世芳朽

劉禹錫 己亥 余涵

白居易

世敦儒业家教深，
难得为官悯弱心。
一曲感天动地歌，
至今过客吊芳魂。

注：白居易（772—846），字乐天，号香山居士，又号醉
吟先生。唐代现实主义诗人。曾任左拾遗、江州司马、忠
州刺史、杭州刺史、苏州刺史等，以刑部尚书致仕。晚居
洛阳。他的诗歌题材广泛，形式多样，语言平易通俗，有"诗
魔"和"诗王"之称。有《白氏长庆集》。代表诗作有《长
恨歌》《卖炭翁》《琵琶行》等。

世敦儒业家教深 难得为
官悯恤弱心 一曲感天动地
歌至今过客吊芳魂

自有诗王诗魔之称悟歌名垂不朽
咏白居易七绝 王东满

柳宗元

力排骈体倡儒宗。

韩柳古文鸣大钟。

唐宋八家笔利者，

谁人不识柳河东。

注：柳宗元（773—819），字子厚，世称"柳河东"。唐
代文学家、哲学家、散文家、思想家。柳宗元以散文见称，
与韩愈共同倡导古文运动，并称"韩柳"。"唐宋八大家"
之一。有《柳河东集》。

柳宗元

儒宗拜柳古文
力排駢體倡

鳴大鐘唐宋八
家筆利者誰人

不滅柳何存

乙亥春 秉濤詩書

柳公权

颜筋柳骨誉其书，

兼有诗文亦绝殊。

碑帖洋洋昭柳体，

后代书家敢不徒。

注：柳公权（778—865），字诚悬。唐代书法家。幼年好
学，善于辞赋，懂韵律。官至太子少师，世称"柳少师"。
后封河东郡公，亦称"柳河东"。书风遒劲妩媚，笔力挺
拔，以悬瘦笔法、骨力劲健见长，自成一格，创立"柳体"，
成为历代书法楷模。后世有"颜筋柳骨"的美誉。一生作
品颇多，主要有《大唐回元观钟楼铭》《金刚经刻石》《玄
秘塔碑》《冯宿碑》《神策军碑》等。另有墨迹《蒙诏帖》
《王献之送梨帖跋》。

咏柳公权

颜筋柳骨誉其书兼有诗
文点绝珠碑帖洋之昭柳体
后代书家敢不徒
興颜真卿并称颜筋柳骨

己亥夏书并州东浦

元　稹

少孤敏学富才名，
官至宰相谤议生。
元白同科同入仕，
同开乐府元和风。

注：元稹（779—831），字微之，别字威明。唐代诗人、文学家。少孤，母贤，敏学才名早显。与白居易同科及第，并结为终生诗友，共同倡导新乐府运动，世称"元白"，诗作号为"元和体"。官至宰相，却遭谤妒被贬。代表作有传奇《莺莺传》《菊花》《离思五首》《遣悲怀三首》等。存世有《元氏长庆集》。

元稹
名官室宇相傍議富才
生元白同科同入仕
同開樂府元和
同

元白相元稹白居易

陳超恩

贾　岛

十年磨得霜刃利，
何日方能把示君。
用世无门归卧老，
两句三年碥石心。

注：贾岛（779—843），字阆仙，誉诗奴。唐代诗人。与
孟郊有"郊寒岛瘦"之誉。累举不中，曾入释门。有"僧
敲月下门""推敲"之掌故。自谓其苦吟："二句三年得，
一吟双泪流。知音如不赏，归卧故山秋。"

寶島

十年磨得霜
刃利何日方能
把示君閒世
無門歸臥老兩
句三事礪石
心　詩人自礪劍崑崙人
吳濤

杜 牧

多情却似总无情，
一树梨花落晚风。
世事难逢开口笑，
阿房宫赋显才名。

注：杜牧（803—约852），字牧之，号樊川居士。唐代诗人、散文家。晚年居长安南樊川别墅，故后世称"杜樊川"。杜牧博通经史，二十三岁作出《阿房宫赋》。著有《樊川文集》。此诗前三句辑杜牧诗句。杜牧人称"小杜"，以别于杜甫"大杜"。与李商隐并称"小李杜"（李白、杜甫为"大李杜"）。

诗咏中华历史文化名人一百家

多情却似总无情
一枝梨
花落晚风冬事难
尽年口
咳阿房宫赋题才名

诗前三句移杜牧诗句

咏杜牧七绝 己亥 东满

李商隐

李氏一门三进士，
自攀皇族也堪悲。
才情成就义山体，
独恨美人难尽窥。

注：李商隐（813—858），字义山，号玉溪生，又号樊南生。世代官宦，自称是皇族宗亲。晚唐诗人，与杜牧合称"小李杜"。擅诗，世称义山体，追求意远诗美，构思新奇，风格秾丽，尤其是情诗写得缠绵悱恻，优美动人。但有的如美人隔帷，过于晦涩，难于索解。因卷入"牛李党争"备受排挤，一生困顿不得志。

李氏一門三逸士，自攀
自是族也，此感才情味就
「壽山體」獨恨美人難
盡一覩

有出杜之稱其詩亦稱义山体

李高隱

石涛

皮日休

八斗才高独眼龙，

忧国忧民笔峥嵘。

鲁迅笔下光彩亮，

义军阵中死亦雄。

注：皮日休（约838—约883）。字袭美、逸少。曾居住在鹿门山，道号鹿门子。晚唐诗人、文学家。因其眼疾，人讥"独眼龙"，尊容不佳，常遭冷遇。不满晚唐政治腐败，投身黄巢起义，为黄巢所用。起义失败后，一说因诗讥黄巢，被杀。皮日休诗文兼奇，且多写民间疾苦之作，被鲁迅赞誉为唐末"一塌糊涂的泥塘里的光彩和锋芒"。

诗咏中华历史文化名人一百家

李 煜

一

天丧南唐李后主，

屈尊成就大诗才。

离愁亡国恨何许，

江水滔滔和泪哀。

二

命乖后主多才艺，

书画乐诗无不裁。

亡国为奴愁与恨，

化作春江滚滚来。

注：李煜（937—978），字重光，号钟隐、莲峰居士。南唐最后一位国君。史称南唐后主。李煜精书法，工绘画，通音律，诗文均有不凡造诣，尤以词的成就最高。李煜的词，继承晚唐以来温庭筠、韦庄等花间派词人之传统。名句："问君能有几多愁，恰似一江春水向东流。"

書畫作品

· 宋金元 ·

范仲淹

主持新政忧黎庶，
总为直言遭贬斥。
笔状岳阳楼上风，
三光风范几人识。

注：范仲淹（989—1052），字希文。北宋思想家、政治家、文学家。其《岳阳楼记》状景抒情，倡导"先天下之忧而忧，后天下之乐而乐"之思想，传世不朽。有《范文正公集》存世。"三光风范"，指范仲淹忧国忧民，因秉公直言，曾三次被贬，每贬一次，时人称"光"（光耀）一次，第一次称为"极光"，第二次称为"愈光"，第三次称为"尤光"。世称"范文正公"。

欧阳修

士贵眼光与学识，

若无襟素更堪哀。

千秋伯乐欧阳领，

多少大贤幸擢裁。

注：欧阳修（1007—1072），字永叔，号醉翁，晚号六一居士。
北宋政治家、文学家、史学家、诗人。谥号文忠，世称欧
阳文忠公。"唐宋八大家"之一，"千古文章四大家"之一。
有《欧阳文忠集》传世。欧阳修富有学识，极重人才，他
在担任要职期间，推举贤才，荐引后进，苏轼、苏辙、曾巩、
张载、程颢、吕大钧，以及包拯、韩琦、文彦博、司马光等，
都得到他的激赏与推荐脱颖而出，名世大用。"唐宋八大家"，
宋代五人均出自他的门下，且咸以布衣之身被他提携而名
扬天下。堪称千古伯乐。

士貴明道與學識若無襟素更比衣千秋伯樂歐陽領多少大賢由掌握裁

唐宋八大家之一為官極重人才諸如蘇軾父子曾鞏等以及包括司馬光等都得到他激賞與重用

歐陽修

己亥 林浩

王安石

熙宁变法颁新政，
三不立身何计名。
政事文章双骇世，
是非毁誉任由评。

注：王安石（1021—1086），字介甫，号半山。北宋思想家、
政治家、改革家、文学家。"唐宋八大家"之一。两度拜相，
主张变法，政绩显著。有名言"三不"：天命不足畏，人
言不足恤，祖宗不足法。元祐元年（1086），病逝于钟山，
追赠太傅。绍圣元年（1094），获谥"文"，故世称王文公。

熙寧變法頒新政三

不立身何計名政事

文章雙駿世是此毀

譽俱由評 三不：天命不足畏人言不
足恤祖宗不足法

王安石 己亥 石濤

蔡　襄

正直为官诚可敬，

犯颜敢谏竭孤忠。

造桥除蛊书大野，

驿道功垂代笔松。

注：蔡襄（1012—1067），字君谟。北宋政治家、书法家、文学家、茶学家。蔡襄为官正直，所到之处皆有政绩。去福州民间蛊害，与卢锡共同主持建造万安桥（洛阳桥），倡植福州至漳州七百里驿道松，主持制作北苑贡茶"小龙团"等。著有《茶录》《荔枝谱》。其诗文雅，书法浑厚端庄，自成一体，为"宋四家"（蔡襄、苏轼、黄庭坚、米芾）之一。有《蔡忠惠公全集》传世。

以直師力事君
誠心致志氣官
竭孤忠敢漢
造榜除盡
滌垢德合
陽名以清
沙徐山
伯濱

三　苏

一家父子三鸣世，

皆以文章骋逸怀。

得意纵横还记否，

欧阳慧眼识英才。

注：三苏，指北宋散文家苏洵（字明允，号老泉）和儿子
苏轼（字子瞻，号东坡居士，世称苏东坡）、苏辙（字子由，
晚号颍滨遗老）。宋仁宗嘉定初年，苏洵、苏轼、苏辙父
子三人到了东京（今河南开封）求职。由于欧阳修的赏识
和推誉，他们的文章很快名世。

一家父子三鸣
以文章聘遇临门言
纵横道论皆欧阳修眼
语英才

咏三苏 乙亥夏 王东满

苏氏父子三人仕途大家
暗泅益者欧阳修之拔擢也

苏 轼

乌台诗案险丢命，
安石一言获再生。
宦海沉浮励铁笔，
大江涛起苏辛风。

注：苏轼（1037—1101），字子瞻，号东坡居士，世称苏东坡、苏仙。北宋文学家、书法家、画家。元丰三年（1080），因"乌台诗案"受诬陷，险被杀。得王安石力保，幸免死，被贬黄州。宋哲宗时，先后任翰林学士、侍读学士、礼部尚书等职，晚年因新党执政又被贬惠州、儋州。宋徽宗时大赦北还，途中病逝常州。"问汝平生功业，黄州惠州儋州"。正是这三个地方成就了他文学的巅峰、超然的人生境界。苏轼是宋代文学奇峰，在诗、词、散文、书、画等方面成就卓著。词开豪放一派，与辛弃疾并称"苏辛"。为"唐宋八大家"之一。

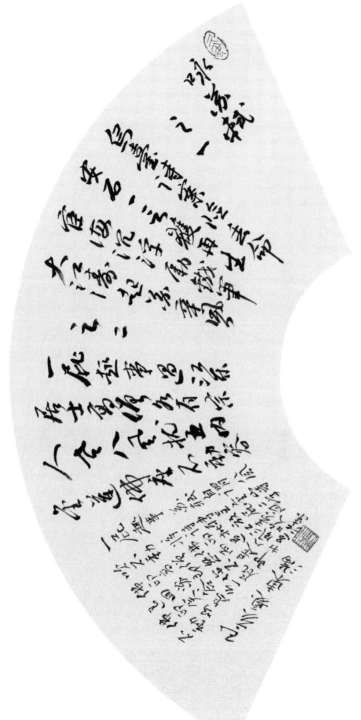

黄庭坚

鹤鸣入草黄庭坚，

荡逸雄风领宋坛。

世俗尽临兰序面，

涪翁下笔便开天。

注：黄庭坚（1045—1105），字鲁直，号山谷道人，晚号涪翁。北宋文学家、书法家，盛极一时的江西诗派开山之祖，与张耒、晁补之、秦观俱游学于苏轼门下，称为"苏门四学士"。生前与苏轼齐名，世称"苏黄"。著有《山谷词》，其书法引碑入草，独树一格，为"宋四家"之一。后人评说："黄庭坚引鹤铭入草，雄强逸荡，境界一新。"

當逸塵絕俗領東壇雄飛世俗盡臨蘭亭不僅逢嚴冬蒸溪

宋徽宗

飘逸挺劲瘦金体，
花鸟写实气韵奇。
不爱江山耽翰墨，
靖康饮恨不唏嘘。

注：赵佶（1082—1135），即宋徽宗，宋神宗赵顼第十一子，宋哲宗赵煦之弟，北宋第八位皇帝。宋徽宗即位之后启用新法，在位初期颇有明君之气，后重用蔡京等大臣，朝政日废。金兵灭辽后南下攻宋，徽宗受李纲之言，匆匆禅位给太子赵桓（钦宗）。"靖康之变"后与钦宗被金人俘虏北去，后死于五国城（今黑龙江依兰）。赵佶善书画，他自创书体，被后人称为"瘦金体"，他为中国古代院体花鸟画艺术的发展做出了重大贡献。后世评："宋徽宗诸事皆能，独不能为君耳！"

飄逸挺勁瘦金體
花鳥寫實素韻奇
不愛江山耽翰墨
靖康飲恨不啼嘘

宋徽宗創書法瘦金體 獨竹能為君耳

咏宋徽宗七絕 東滿

李清照

金石诗书皆里手，

世誉词家一大宗。

家学渊源成独步，

中华才女也豪雄。

注：李清照（1084—约1156），号易安居士。宋代女词人，婉约派代表。出身于书香门第，早期生活优裕。其父李格非藏书甚富，家学深厚。与丈夫赵明诚同好金石书画搜集整理。金兵入据中原后，流落南方，夫病死，境遇孤苦。李清照是中国古代罕见的才女，擅长书画，通晓金石，而尤精诗词。其词前期多写其悠闲生活，韵调优美；后期多慨叹身世，怀乡忆旧，情调悲伤。既有巾帼之优雅，更兼须眉之刚毅。独步词坛，誉为"词家一大宗"。

金石津書皆

里手世譽詞

家一大宗家學

淵源啖蝸步中

第才女也豪雄

李清照

乙亥

家滿遲書

岳 飞

岳母刺字家户晓，
精忠报国叟童知。
写怀一阕发冲冠，
激励古今壮士思。

注：岳飞（1103—1142），字鹏举。抗金将领。南宋军事家、
战略家、书法家、诗人。位列南宋中兴四将（岳飞、刘光世、
韩世忠、张俊）之首。代表词作《满江红·写怀》，开阔高迈，"怒
发冲冠，凭栏处"，千古传诵之爱国名篇。另辑有文集传世。

岳母刺字

家户晓精忠报
国童叟知写照
一阙满江红至
今激励壮士志

乙亥春
南浦作于

陆　游

死去原知万事空，

犹怀报国抒深衷。

故人零落今何在？

亘古男儿一放翁。

注：陆游（1125—1210），字务观，号放翁。南宋文学家、史学家，爱国诗人。陆游生逢北宋灭亡之际，宋高宗时，参加礼部考试，因受秦桧排斥而仕途不畅。一生笔耕不辍，诗词文俱有很高成就，兼具李白之雄奇奔放与杜甫之沉郁悲凉。此咏说为辑句诗，首句辑陆游诗《示儿》首句；三句辑陆游诗《禹祠》"故人零落今何在"；末句辑梁启超"诗界千年靡靡风，兵魂销尽国魂空。集中十九从军乐，亘古男儿一放翁"之末句。

死去元知萬事空，但悲不見九州同。王師北定中原日，家祭無忘告乃翁。

報國之深哀放翁

乙酉端陽節徐嘯湖

杨万里

屡遭贬抑为直言，

刚正立朝斥吏贪。

冷眼仕宦如敝屣，

诚斋诗霸敢开监。

注：杨万里（1127—1206），字廷秀，号诚斋。南宋政治家、文学家、诗人。他在朝刚正不阿，举荐忠贤，正直之声斐然朝野。以诚意正心为学，自号"诚斋"。做县丞时开监放囚，减免赋税，深得民心。誉为"诗霸"。与陆游、尤袤、范成大并称为"中兴四大诗人"。

庚丰一眼柳为眉毛宫忘

高羽斤足贪冷眼住

宫曰渺屑诚斋诗

霜飞飞年鉴

以杨万里

己亥 楮澔

朱 熹

万紫千红总是春，

通儒朱子诗垂芬。

承程理学三朝敬，

享祀大成又一人。

注：朱熹（1130—1200），字元晦，又字仲晦，号晦庵，晚称晦翁，世称朱文公。南宋理学家、思想家、哲学家、教育家、诗人，儒学集大成者，世尊"朱子"。朱熹是唯一非孔子亲传弟子而享祀孔庙，位列大成殿十二哲者中，受儒教祭祀。又是"二程"（程颢、程颐）的三传弟子李侗的学生，与二程合称"程朱学派"。其理学思想对元、明、清三朝影响颇大，是中国教育史上继孔子后的又一人。著述甚多，有《四书章句集注》《太极图说解》《楚辞集注》《朱文公集》《朱子语类》等。代表作《四书章句集注》是集"四书""五经"于一体的儒家礼学经典之作，成为明清两代钦定的科举考试的标准。《春日》和《观书有感》是他最脍炙人口的诗作。

是春女詩雲芳通儒姜絲三朝欽羨記大成

又一人

朱熹最長唯一非孔子親侍第子學記大咸殿十二撰錄於孔子女子呂祖謙錄中入世於程頤乙卯春花志書程頤

辛弃疾

壮志难酬为将苦，

山居退隐也豪雄。

却将万字平戎策，

换得词中一卧龙。

注：辛弃疾（1140—1207），字幼安，号稼轩。南宋词人，有"词中之龙"美誉。与苏轼合称"苏辛"，与李清照并称"济南二安"。一生以恢复宋王朝为志，以功业自许，却命运多舛，壮志难酬。把一腔豪情、满腹忧愤，寄寓词作之中。有词集《稼轩长短句》传世。

辭池北為儒苦
山居隱
也豪雄
却得雄
篆字平戎策
平戎策
換得河中碑
一卧碑中龍

癸亥乙時賢觀書
渭東齋

元好问

遗山一阕殉情记，
汾水千年吊雁丘。
骚客伤时感事作，
情痴务勿读中州。

注：元好问（1190—1257），字裕之，号遗山，世称遗山先生。
金代最重要的诗人，杰出的诗论家。被尊为"北方文雄""一
代宗工"。擅作诗、文、词、曲，其中以诗作成就最高，
多伤时感事之作。其《摸鱼儿·雁丘词》传唱千秋。至今
太原汾河滩有"雁丘"遗迹。其《论诗》绝句三十首在中
国文学史上颇有地位。代表著作有《中州集》等。

遗山一阕殉情记　泣水千年吊

鹧鸪啼徹容傷時感事作情

痴務勿誤仲姚

咏元好問　己亥夏　東瀅

白　朴

墙头马上梧桐雨，

曲尽古今儿女情。

身世悲凉形放浪，

勾栏混迹酒为朋。

注：白朴（1226—约1306），原名恒，字仁甫；后改名朴，字太素，号兰谷。元代杂剧家，"元曲四大家"（关汉卿、白朴、马致远、郑光祖）之一。代表作有《唐明皇秋夜梧桐雨》《裴少俊墙头马上》《董秀英花月东墙记》等。

墙头马上情相照，坐尽

古今儿女情，勿世凄凉

形骸泯句程混迹酒

吕朋 元曲の大家之

白朴

乙亥春 布潜

关汉卿

六月飞雪窦娥冤，

铁笔呐喊动地天。

曲尽人情真本色，

当当作响誉梨园。

注：关汉卿（1225—约1300），字汉卿，号已斋（一斋、
已斋叟）。元杂剧奠基人，"元曲四大家"之首。自谓梨
园领袖，杂剧班头。"我是个蒸不烂、煮不熟、捶不扁、
炒不爆、响当当一粒铜豌豆。"这正是关汉卿坚韧、顽强
性格的自画像。以杂剧成就最大，名作《窦娥冤》等。被
誉为"曲圣"。

梨園

關漢卿為元雜劇之
冠鐵筆吻寫容
地天出盡人情真
本色當鳴作響聲

關漢卿以元雜劇之
美譽卿為人自謂一顆
銅豌豆
山谷撰 伯洽

文天祥

人生自古谁无死，

大义孤忠能几人？

名重名轻非所虑，

一腔正气恶偷生。

注：文天祥（1236—1283），初名云孙，字天祥；选中贡士后，转以天祥为名，改字履善、宋瑞，号文山、浮休道人。南宋文学家、爱国诗人，抗元名臣，与陆秀夫、张世杰并称为"宋末三杰"。组建义军坚持抗元，兵败后于五坡岭（今广东海丰）被俘，后被押至大都（今北京），系狱三年而不屈，后慷慨就义。书《过零丁洋》诗以明志。著有《文山诗集》《指南录》《指南后录》《正气歌》等。

人生自古誰無死，死節如公

能殘人名重名，輕那耶廉一腔正

氣惡偷生

文天祥 己亥东涛

马致远

饱受蒙元战乱苦，
姓名香贯满梨园。
汉宫秋色昭君梦，
曲苑至今敬状元。

注：马致远（约 1251—约 1321），字千里，号东篱。"元曲四大家"之一，"姓名香贯满梨园"，被尊称为"曲状元"。代表作杂剧《汉宫秋》、小令《天净沙·秋思》等。

饱爱莺黉元载凤若娃
名笑贵满梨园满座营
秋色眼照君梦画苑金
今敬状元

马政远 己亥春 布满

王实甫

杂剧传奇谁夺首，

西厢一曲领风流。

晓来谁染霜林醉，

文采辉映艺苑秋。

注：王实甫（约 1260—约 1336），名德信。元代戏曲家，生平事迹不详。与关汉卿齐名，杂剧《西厢记》为其代表作。作品文采璀璨，为中国戏曲史上"文采派"的杰出代表。著有杂剧十四种，现存《西厢记》《丽春堂》《破窑记》三种，以《西厢记》最负盛名。

施耐庵

携家带眷共高徒，
避乱隐居著水浒。
岂料师徒双骇世，
门生演义魏蜀吴。

注：施耐庵（约1296—约1370），原名彦端，字肇端，别
号耐庵。元末明初小说家。朱元璋屡征不应。与弟子罗贯
中研讨三国志。著作有中国四大名著之一《水浒传》。其
弟子罗贯中成书《三国演义》。

施耐庵

携家带眷共离乡
飘隐居着水浒篁
师徒双发七门生涨
养亲蜀吴

己亥春晓 永满

宋　濂

七天通背书经传，

师古宗经台阁章。

开国文臣高迈格，

为官从不诋人伤。

注：宋濂（1310—1381），初名寿，字景濂，号潜溪，别号龙门子、玄真遁叟等。明初开国文臣，政治家、文学家、史学家、思想家。明初，就任江南儒学提举，为太子朱标讲经，奉命主修《元史》。因长孙宋慎牵连胡惟庸党案而被流放茂州，途中病逝。明太祖朱元璋誉之为"开国文臣之首"。散文首创台阁体。目力甚明，善微书，能于米粒上书"孝、弟、忠、信、礼、义、廉、耻"八字。有《宋学士全集》存世。

七歲通詩世經傳師
古來經台閣軍舞
文臣寫書格為官途不
許人傷　宋濂
己亥　樂清

· 明清 ·

罗贯中

高师门下出名徒，

铩羽暴鳞退著书。

学识若无四海量，

焉能笔绘三分图。

注：罗贯中（约1330—约1400），名本，字贯中，号湖海散人。明初小说家、戏曲家，中国章回小说鼻祖。传说他很有政治抱负，"铩羽暴鳞"指罗氏曾有图王之志，后受挫败，退隐勾栏。一生著作颇丰，主要作品有杂剧《赵太祖龙虎风云会》《忠正孝子连环谏》《三平章死哭蜚虎子》，小说《三国演义》《隋唐两朝志传》《残唐五代史演义》《三遂平妖传》《粉妆楼》。代表作《三国演义》。

高师门下出名徒钵

羽暴鳞迟著书学识

若无四海量焉能笔

绘三分图

咏罗贯中 乙亥 东满

王阳明

孔孟朱王齐圣名，

高贤大哲王阳明。

天人合一立心学，

格物致知洞性灵。

注：王阳明（1472—1529），幼名云，字伯安，自号阳明子。明代哲学家、思想家、教育家、文学家、书法家、政治家、军事家，心学集大成者。精通儒、释、道三教。官至兵部尚书，晚岁退隐办书院。主张天人合一、格物致知，自成心学，世称王学。王阳明以心学集大成者与孔子、孟子、朱熹并称为孔、孟、朱、王。阳明学是明代影响最大的哲学思想。主要作品有《王阳明全集》《传习录》《大学问》《王文成公全书》。

孔孟朱王帝空君
高僧大哲王陽明
天人合一立心志
格物致智洞性靈

咏王陽明　林潘

杨　慎

博通诸艺更强记，

靡丽词风造诣宏。

一阕临江仙盖世，

至今罗氏沾其荣。

注：杨慎（1488—1559），字用修，初号月溪、升庵，又号逸史氏、博南山人、洞天真逸、滇南戍史、金马碧鸡老兵等。明代文学家，世称"杨文宪"。"明代三才子"（杨慎、解缙、徐渭）之首。后人论及明代记诵之博、著述之富，首推杨慎。能文、词及散曲，论古考证之作范围颇广。其诗沉酣六朝，揽采晚唐，造诣深厚。至今影响最大的《临江仙·滚滚长江东逝水》，是其所作《廿一史弹词》第三段《说秦汉》的开场词，毛宗岗父子修改评定《三国演义》时将其置于卷首，致后人多误以为罗氏所作。

博通諸藝更強記
廉愛詞風
造語宏一闋臨江仙蓋世至今
羅氏沾其榮

詠楊慎 己亥夏 康满

吴承恩

博极群书绝仕进，

杜门妙想撰西游。

神魔佛道非虚幻，

放眼世相唤猴头。

注：吴承恩（1500—1582），字汝忠，号射阳山人，以祖先聚居枞阳高甸，故称高甸吴氏。明代小说家。现存明刊百回本《西游记》均无作者署名，提出《西游记》作者是吴承恩的首先是清代学者吴玉搢，吴玉搢在《山阳志遗》中介绍吴承恩："字汝忠，号射阳山人，吾淮才士。""及阅《淮贤文目》，载《西游记》为先生著。"吴承恩自幼敏慧，博览群书，尤喜爱神话故事。在科举中屡遭挫折，嘉靖中补贡生。宦途困顿，晚年绝意仕进，闭门著述。

博極群書強仕之年托門
妙和撰西遊神魔佛道
挑雲幻放明之机喚猴
頌

吳承恩乃明代一戲謔家文字家女
詩人名精於古文詩詞書雅雜印潛心
撰寫西遊記

吳承恩
己亥書
布濤

汤显祖

义愤弃官归故里，

潜心四梦梦思奇。

丽娘丽叶何相似，

显祖沙翁曾约期？

注：汤显祖（1550—1616），字义仍，号海若、若士、清远道人。明代戏剧家、文学家。精古文诗词，且能通天文地理、医药卜筮诸书。曾因上书《论辅臣科臣疏》抨击朝政腐败，触怒万历皇帝被贬，愤而弃官归里，潜心于戏剧及诗词创作。汤显祖以戏曲创作为最，其戏剧作品《还魂记》（即《牡丹亭》）、《紫钗记》《南柯记》和《邯郸记》合称"临川四梦"，其中《牡丹亭》为其代表作。被称为"东方的莎士比亚"。

義憤棄官歸故里眷
心四夢梦思吾善姊
愛兼何相似顯祖沙
翁曾約期

咏湯顯祖乙亥尔湳

董其昌

民抄董宦是非扰，

画笔状山描水娇。

（笔下青山绿水娇）

墨致清和禅意重，

师贤求变妙招高。

注：董其昌（1555—1636），字玄宰，号思白，别号香光
居士。明代书画家、书画理论家、收藏家。董其昌能诗文，
擅山水画。其画师法董源、巨然、黄公望、倪瓒，其笔致
清秀中和，恬静疏旷；用墨明洁隽朗，温敦淡荡；青绿设
色，古朴典雅。以佛家禅宗喻画，为"华亭画派"主要代表。
其画及画论对明末清初画坛影响甚大。存世作品有《岩居图》
《明董其昌秋兴八景图册》《昼锦堂图》《白居易琵琶行》
《草书诗册》等。

民族畫筆江山

描水橋

墨致清和

禪意重

師賢求變

妙招高

民族畫筆初民俗家火燒
仿宋畫董其昌仰承府頒令一筆
董畫典雅輝字而滿浸淫其一
師不志書其後沒意如此亦相矣

己家春海
英蒙

冯梦龙

言情乱道破纲纪，

话本三言骇世行。

极摹人情写离合，

甘为市井发心声。

注：冯梦龙（1574—1646），字犹龙，又字子犹，号龙子犹、
墨憨斋主人、顾曲散人等。明代文学家、思想家、戏剧家。
冯梦龙出身士大夫家庭，与兄冯梦桂、弟冯梦熊并称"吴
下三冯"。名世作品为《喻世明言》（又名《古今小说》）、《警
世通言》《醒世恒言》，合称"三言"。三言与明代凌濛
初的《初刻拍案惊奇》《二刻拍案惊奇》合称"三言两拍"，
是中国白话短篇小说的经典代表，中国通俗文学之开先河
者。

言情乱道破绸缪话

本三言骇世行极摹人

情写离合甘为市井

费心神

其代表作三言即喻世明言
警世通言醒世恒言

冯梦龙 己亥 王森满

徐霞客

少年即立丈夫志，
碧海苍梧朝暮间。
一步尽登天下岳，
稀世游记囊大观。

注：徐霞客（1587—1641），名弘祖，字振之，号霞客。
明末地理学家、探险家、旅行家和文学家。幼年好学，博
览群书，尤钟情于地经图志，少年即立志"大丈夫当朝碧
海而暮苍梧""一步能登天下山"。他对仕途不屑一顾，
却有志于在自然界中漫游。经历三十余年考察撰成地理学
名著《徐霞客游记》，是地理学上系统观察自然、描述自然，
系统考察祖国地貌地质的地理名著，文字优美，对各地名
胜古迹、风土人情都有记载，被誉为"世间真文字、大文字、
奇文字""明末社会的百科全书"。

少年即立
大丈夫志碧海蒼
梧朝暮間一生盡
登天下嶽稀世游
汇囊大觀

徐霞客 乙亥春 東滿

傅 山

博艺多才重气节，
史书无字口碑宏。
崛围石窟藏遗老，
红叶满山笑愚忠。

注：傅山（1607—1684），初名鼎臣，字青竹，改字青主，
又有真山、浊翁、石人等别名。明末清初思想家、书法家、
诗人。明亡为道士，隐居养母。康熙年被荐，称疾不往。
博通经史，兼通诸子，书画、医学，哲学、儒学、佛学、
诗歌、金石、武术、考据等无所不通。晚年隐居太原崛围
山多福寺，著有《霜红龛集》等。被认为是明末清初保持
民族气节的典范人物。著作多散佚，仅有《霜红龛集》传世。
时有"医圣"之名。

诗咏中华历史文化名人一百家

博學多才壹氣仰史
書聖字口碑壹崛峥石
靈藏遺古孔棄滿山
嘆累忠

味傅山 己亥 在海

金圣叹

怪诞奇才绝仕进，

抗粮哭庙处极刑。

视文莫以时人眼，

刀起头落说好疼。

注：金圣叹（1608—1661），名采，字若采。明亡后改名人瑞，字圣叹，自称泐庵法师。明末清初思想家、文学批评家。称《庄子》《离骚》《史记》《杜工部集》《水浒传》《西厢记》为"六才子书"，逐一批注评点，对小说、戏曲与传统经传诗歌一视同仁，提高通俗文学的地位，被推崇为中国白话文学运动的先驱。其诗文多怪诞奇彩，顺治皇帝曾赞美其作品"此事古文高手，莫以时文眼看他"。顺治十八年七月十三日（1661 年 8 月 7 日），因组织秀才抗粮哭庙，被处斩立决。刀起头落，从金圣叹耳朵里滚出两个纸团，打开一看：一边写着"好"，一边写着"疼"。足见其视死如归。

怪诞奇才绝仕途抗

粮哭庙冤极刑视文

莫以时人眼刀起颈

落说好疼

咏金圣叹 己亥 东浦

黄宗羲

君主弄权天下害，

一家之法理非公。

疾言豪语斥专制，

孤子忠臣黄太冲。

注：黄宗羲（1610—1695），字太冲，号梨州，世称梨洲先生。明末清初思想家、史学家、地理学家、经学家、教育家。曾组织反宦官权贵的斗争，明亡又招募义兵，进行抗清斗争，失败后隐居著述。学问渊博，所著《明儒学案》是我国古代第一部完整的学术著作；《明夷待访录》抨击封建政治，认为封建君主专制统治是"天下之大害"，君主所说的是非未必是是非，是非应由公众判断；主张由公众制定"天下之法"以取代君主的"一家之法"等等。其民本思想对后世影响深远。崇祯称其为"忠臣孤子"。"明末清初三大思想家"（黄宗羲、顾炎武、王夫之）之一。

君主舞權了下書一
家之法理非公疾言
豪清乎寺制孤子忠
臣黃太沖

黃宗羲
東海

顾炎武

清学开山尊鼻祖，

治经重道摒朱程。

独骑赢马行天下，

只为万世开太平。

注：顾炎武（1613—1682），本名继坤，更名绛，字忠清。
因为仰慕文天祥学生王炎午的为人，改名炎武，字宁人，
号亭林。明末清初思想家、经学家、语气学家、史学家、
音韵学家，"明末清初三大思想家"之一。摒弃程朱理学，
开清代朴学风气，被誉为清学"开山始祖"。主要作品有《日
知录》《天下郡国利病书》《肇域志》《音学五书》《韵补正》
《古音表》《诗本音》《唐韵正》《音论》《金石文字记》
《亭林诗文集》等。

清學昆山
尊鼻祖治經垂
道摒朱程貌踪
嬴馬行天下只
為生民世開太平

顧炎武

乙亥東浦

王夫之

立言挑战均天下，
直面皇权论是非。
南岳一声霹雳动，
神州万物曙光窥。

注：王夫之 (1619—1692)，字而农，号姜斋，又号夕堂。明末清初著名的思想家、哲学家、史学家、文学家、美学家，湖湘文化的精神源头与启蒙者，具有朴素唯物主义思想。"明末清初三大思想家"之一。主张经世致用，均天下，反专制。在其代表作《读通鉴论》与《宋论》中阐明"平天下者，均天下而已"的观点。反对程朱理学，有如石破天惊。自谓："六经责我开生面，七尺从天乞活埋。"晚年隐居于石船山，有称"船山先生""南岳儒林第一人"，著作经后人编为《船山全书》。

诗咏中华历史文化名人一百家

立言挑戰均天下直面

皇权論是非南岳一聲

霹靂動神州萬物曙色

窺 王夫之主張均天下反專制

咏王夫之 乙亥夏東滿

蒲松龄

说妖说鬼说生死，

刺虐刺贪刺不平。

一部聊斋皆鬼话，

大千世相只狐精。

注：蒲松龄（1640—1715），字留仙，一字剑臣，别号柳泉居士，世称聊斋先生。清代文学家。早年即有文名，屡试不第，至七十一岁才成贡生。为生活所迫，执教私塾，同时舌耕笔耘，郁郁不得志，编撰妖狐鬼怪故事讽刺现实。传世作品即著名的文言短篇小说集《聊斋志异》。

诗咏中华历史文化名人一百家

咏蒲松龄

说妖说鬼说生死刺虐刺
贪刺不平一部聊斋皆恨
话大千世界只狐精

己亥夏 书于贤斋 东海并书

孔尚任

岸堂不是无情客，

一扇桃花溅血开。

离合兴亡多少事，

任由文笔作心裁。

注：孔尚任（1648—1718），字聘之，又字季重，号东塘，别号岸堂，自称云亭山人，孔子六十四代孙。清初诗人、戏剧家。继承了儒家的思想传统与学术，自幼即留意礼、乐、兵、农等学问，还考证过乐律，为以后的戏曲创作打下了音乐知识基础。以状写离合兴亡之情的代表作《桃花扇》一鸣惊人。世人将他与《长生殿》作者洪昇并论，称"南洪北孔"。

岸堂不乏

世情冷暖一扇挑

花溅血痕離合

興亡多少事佳由

久筆一徘徊哉

孔尚任 乙亥 东海

纳兰性德

贵为皇族无天命，

饱读诗书又奈何。

花欲放时却又折，

空留好韵谁吟哦。

注：纳兰性德（1655—1685），叶赫那拉氏，字容若，号
饮水、楞伽山人，满洲正黄旗。原名成德，避清太子保成讳，
改名为性德。清代词人。纳兰性德自幼饱读诗书，文武兼修，
赐进士出身。惜才高命浅，英年早逝。著有《通志堂集》《侧
帽集》《饮水词》等。

書為皇旗墜之命
飽諳□書又厭他花
於放時卻又斯
空蜀好韻淫吟嗽

納蘭性德　東浦

郑板桥

二十年前旧板桥，
炎凉世相自诙嘲。
一生只画石兰竹，
三绝堪教远锦袍。

注：郑板桥（1693—1765），原名郑燮，字克柔，号理庵，
又号板桥，人称板桥先生。清代文人画家、文学家。感于
世态炎凉，制印"二十年前旧板桥"自嘲。郑板桥一生只
画兰、竹、石，自称"四时不谢之兰，百节长青之竹，万
古不败之石，千秋不变之人"。其诗书画，世称"三绝"，
为"扬州八怪"重要代表人物。代表作品有《修竹新篁图》《清
光留照图》《兰竹芳馨图》《甘谷菊泉图》《丛兰荆棘图》
等，著有《郑板桥集》。

二十年前舊板橋炎

涼去相自讀哦一生

只畫石蘭竹三絕堪

教遠錦袍

以水鄭板橋

樂海

吴敬梓

援笔立成美律赋，

睥尊睥贵浪才情。

疏财倾酒结文盟，

刀笔淋漓刺儒生。

注：吴敬梓（1701—1754），字敏轩，号粒民，移居南京秦淮河畔后自号"秦淮寓客""文木山房"。清代小说家，开现实主义小说之先河。少小强记，有援笔成赋之才。结盟文友墨客，自为文坛盟主。生性豪迈，睥睨世俗，纵酒落拓，以致散尽家财，客死扬州，"可怜只剩衣钱"。著有《文木山房诗文集》《文木山房诗说》，以讽刺小说《儒林外史》名世。

援筆立成美律賦脫
摩肘貴逞才情疏財
傾酒結文友刀筆淋
漓刺儒生

吳敬梓　東潘

曹雪芹

曾是风流富贵种，

曲终人散悟空空。

饱尝世味情何苦，

泪尽红楼一梦中。

注：曹雪芹（约 1715—1763），名霑，字梦阮，号雪芹，又号芹溪、芹圃。清代小说家，出身清代内务府正白旗包衣世家。曹家为当时江南"百年望族"。后曹家没落，境遇潦倒，生计艰难。曹家的衰败深刻影响了曹雪芹的思想和心理，形成了他愤世傲世的性格。在艰难的环境中，"批阅十载，增删五次"而成旷世奇书《红楼梦》。曹雪芹素性放达，爱好广泛，对金石、诗书、绘画、园林、中医、织补、工艺、饮食等均有所研究。写作《红楼梦》有"泪尽而终"之说。

尝尽风云富贵种尘路
人散悟空饱嚐画味
情何落尽红楼一
梦中

咏曹雪芹 陈满

袁 枚

不耐仕宦乐退隐，

南袁北纪满朝闻。

随园诗话性灵说，

坦白率真曙色新。

注：袁枚（1716—1798），字子才，号简斋，晚年自号仓山居士、随园老人。清代诗人、散文家、评论家、美食家。倡导"性灵说"，与赵翼、张问陶并称"性灵派三大家"，为"清代骈文八大家"之一。文笔与大学士纪昀齐名，时称"南袁北纪"。主要著作有《小仓山房文集》《随园诗话》《子不语》《续子不语》等。世称"随园先生"。

不耐仕官樂退休
如鳥脫籠兮隨園詩話
性靈說坦率牽真曙色新

詠袁枚

乙亥 林濤

龚自珍

图强变法开先声，

国运日衰忧患盈。

虽劝天公重抖擞，

奈何上苍不垂青。

注：龚自珍（1792—1841），字璱人，号定庵。晚年居住
昆山羽琌山馆，又号羽琌山民。清代思想家、诗人、文学
家和改良主义的先驱者。主张革除弊政，抵制外侮，支持
林则徐禁除鸦片。著有《定庵文集》，主张诗文"更法""改
图"。诗作《己亥杂诗》，多咏怀和讽喻之作，其中"九
州生气恃风雷，万马齐喑究可哀。我劝天公重抖擞，不拘
一格降人才"被柳亚子誉为"三百年来第一流"。

九州生气恃风雷，
万马齐喑究可哀。
我劝天公重抖擞，
不拘一格降人才。

龚自珍

乙亥 东满

魏　源

壮岁为官倡变法，

睁开两眼看西方。

师夷长技强吾翼，

沥血披肝唤愚盲。

注：魏源（1794—1857），名远达，字默深。清末思想家、史学家、文学家，中国近代启蒙思想家。学识渊博，著述很多，主要有《书古微》《诗古微》《默觚》《老子本义》《圣武记》《元史新编》和《海国图志》等。《海国图志》是其中有较大影响的一部，也是他作为地理学家的代表作。对强国御侮、匡正时弊、振兴国脉之路作了探索。提出"以夷攻夷""以夷款夷"和"师夷之长技以制夷"的观点。

壮岁为官偾事后，师年为眼罪西方

师夷长技孙吾翼，应血披肝嗟

思旨 咏魏源 己亥平阳 东岩卿居

梁启超

忧国哀时敢舍生，

公车义举史垂名。

流亡不失丈夫志，

铁笔疾呼德赛风。

注：梁启超（1873—1929），字卓如，号任公，又号饮冰
室主人、饮冰子、哀时客、中国之新民、自由斋主人。中
国近代资产阶级改良派的政治活动家、思想家、教育家、
史学家、文学家。戊戌变法（百日维新）领袖之一，中国
近代维新派、新法家代表人物。后从师于康有为，与康有
为一起联合各省举人发动"公车上书"运动，戊戌变法失
败后流亡日本。著有《饮冰室合集》《夏威夷游记》等，
推广"诗界革命"，宣传科学，倡导新文化运动，支持
五四运动。

憂國辰時敢惜生　公車豪舉史垂

名流三不失丈夫志　鐵筆疾呼攄

雲氣勇

咏梁啓超　己亥重陽　林清讀

王国维

治史攻词究古简，

学无专授自开山。

人间何事欠其死，

一跳昆明解谜难。

注：王国维（1877—1927），初名国桢，字静安，亦字伯隅，晚号观堂。中国近代享有国际声誉的学者。早年追求新学，把西方哲学、美学思想与中国古典哲学、美学相融合，形成了独特的美学思想体系；继而攻词曲戏剧，又治史学、古文字学、考古学。在教育、哲学、文学、戏曲、美学、史学、金石学、古文字学等方面均有造诣和创新。其《人间词话》提出"古今之成大事业、大学问者，必经过三种之境界"。

治史攻词究古简 学苦覃授自尊
山人间何事务其死 一跳昆明

解连环 咏王国维 乙亥重阳 松涛